儿童文学教程

黎爱群　主编

吉林大学出版社

·长春·

图书在版编目（CIP）数据

儿童文学教程/黎爱群主编 . ——长春：吉林大学
出版社，2020.8
ISBN 978-7-5692-7107-2

Ⅰ.①儿…　Ⅱ.①黎…　Ⅲ.①儿童文学—专业学校—
教材　Ⅳ.①I058

中国版本图书馆 CIP 数据核字（2020）第 178712 号

书　　名：儿童文学教程
　　　　　ERTONG WENXUE JIAOCHENG

作　　者：黎爱群　主编
策划编辑：代红梅
责任编辑：代红梅
责任校对：杨　宁
装帧设计：汇智传媒
出版发行：吉林大学出版社
社　　址：长春市人民大街 4059 号
邮政编码：130021
发行电话：0431-89580028/29/21
网　　址：http：//www. jlup. com. cn
电子邮箱：jdcbs@ jlu. edu. cn
印　　刷：长春市华远印务有限公司
开　　本：787×1092 毫米 1/16
印　　张：10. 25
字　　数：200 千字
版　　次：2020 年 8 月　第 1 版
印　　次：2020 年 8 月　第 1 次
书　　号：ISBN 978-7-5692-7107-2
定　　价：49. 00 元

前　言

《幼儿园教师专业标准（试行）》与《小学教师专业标准（试行）》都要求教师应"优化知识结构，提高文化素养；具有终身学习与持续发展的意识与能力，做终身学习的典范"。习近平在北京师范大学考察时强调，全国广大教师要做有理想信念、有道德情操、有扎实知识、有仁爱之心的"四有"好老师，要用爱培育爱、激发爱、传播爱，通过真情、真心、真诚拉近同学生的距离，滋润学生的心田，使自己成为学生的好朋友和贴心人。"爱"是儿童文学人的根源，也是幼儿园与小学教师应有的基本素养，提高儿童文学素养是教师专业发展的要求，符合行业标准与社会发展需求，能帮助教师树立科学的儿童观与教育观，更好地引导孩子接触优秀的儿童文学作品，使之感受语言的丰富和优美。儿童文学作为学前教育与小学教育的专业课程，具有基础性、实践性与综合性的特征，对于提升幼儿园与小学教师的职业能力与职业素养起着非常重要的作用。为此，编写与幼儿园、小学教学实际相结合的《儿童文学》教材尤为必要。

本教材在吸收同类教材编写经验的基础上，结合作者的教学实践，本着"理论够用，实践为主"的原则，紧紧围绕《3~6岁儿童文学发展指南》与《义务教育语文课程标准》的相关要求，把儿童文学理论知识与幼儿园教育、小学语文教育实际相结合，具有较高的实践价值。具体说来，本教材具有以下特点：

第一，章节体例符合认知规律。每章开始说明本章的学习目标，然后选以本章文体作品导入，采用提问形式导入学习内容。章节安排以文体概述、文体欣赏与文体创作展开，后最以思维导图回顾本章知识点，接着是本章的实践练习，侧重本文体在幼儿园语言教育中的应用。章节体例体现疑、学、思、练，知识内容层层递进，符合认知规律。

第二，体现儿童文学在幼儿园教育中的应用。教材编写中把儿童文学相关文体知识与幼儿园语言教育相结合，体现学以致用的理念。在文体欣赏章节体现该文体在幼儿园教育中的应用，辅以幼儿园相关教育视频，把学、用、悟结合起来。

第三，案例丰富。教材的每个知识点都有相应的案例分析，在扩大阅读量的同时又方便学习者深入理解知识，达到举一反三的效果。教材最后附上各种文体的儿童文学作品，既可作为课堂教学案例，也可作为课外阅读的素材，省去学习者另找作品阅读的麻烦，达到一书二用的效果。

第四，体现"互联网＋教育"的发展趋势。把幼儿园教育视频转化为二维码放置于教材之中，使学习者了解该文体在幼儿园教育中的应用，有助于学习者教学能力的提升。教材还提供相关网络化资源，方便读者的进一步学习与研究，形成立体化的新形态教材，体现"互联网＋教育"的发展趋势。

第五，实践理念贯穿全书。本教材目标是提升幼儿教师的儿童文学素养，即听、说、读、写、教、演等能力，故在章节编排与内容安排上以实践为主，以实践理念贯穿整本教材。

第六，把课程思政融入教材。以立德树人为中心，把做人做事的基本原理、社会主义核心价值观的要求、实现民族复兴的理想和责任，以及优秀传统文化的传承等融入教材内容，在润物细无声中进行课程思政。

总之，本教材在体例安排与体系构架上，本着基础性与实用性相结合的原则，尽量突出其独特性与新颖性，在教材编写上尽可能紧扣幼儿园与小学教育的实际，同时兼顾家庭教育的要求，较为系统地讲述儿童文学各文体的特征、欣赏与创作，并提出儿童文学阅读的指导策略，以更好地满足读者的不同要求。因此，本教材可作为学前教育与小学教育的教材，也可作为家庭教育的读本。本教材有配套的教学 PPT，有需要的老师可向出版社申请，或者发邮件至 454795219@ qq. ocm 索取。

本教材是政府、高校与幼儿园协同育人的实践成果，教材中的视频资源主要由广西钦州市第一幼儿园与广西钦州市第二幼儿园提供，感谢两所幼儿园的鼎力支持。

限于编写者的水平，教材还有疏漏与不当之处，欢迎专家、读者批评指正。

编者
2020 年 5 月

目　录

第一章　儿童文学的基本原理

◎ **学习目标**

　　◇ 认识儿童文学的概念与特征，知道儿童文学体裁的多样性。

　　◇ 欣赏儿童文学，能辨析儿童文学的异同。

　　◇ 阅读儿童文学，感受儿童文学对孩子成长的意义。

◎ **问题导入**

秋风吹

常瑞

秋风秋风吹吹，

树叶树叶飞飞。

就像一群蝴蝶，

张开翅膀追追。

问题

1. 这首儿歌体现了儿童文学的哪些特征？

2. 如何引导儿童欣赏这首儿歌？

第一节　儿童文学概述

　　国际《儿童权利公约》认为："儿童系指 18 岁以下的任何人，除非对其适用之法律规定成年年龄低于 18 岁。"《中华人民共和国未成年人保护法》规定："未成年人是指未满十八周岁的公民。"根据以上规定，以及儿童思维与学习特点，本书所指的儿童是指 0 ~ 12 岁的未成年人。

一、儿童文学的概念

17世纪捷克教育家夸美纽斯认为在早期教育阶段，儿童文学主要的文体形式是儿歌、儿童诗与图画书，"熟记些韵文，学会唱简易的赞美诗，学习初步的音乐知识，但主要是编写些包括各科知识的图画读物给他们看，使事物在儿童的心灵中留下生动的印象，从书本中得到乐趣，增加他们阅读的兴趣。"夸美纽斯把儿童文学等同于儿童读物，混淆了两者的界限。美国学者杰克曼认为："儿童文学是含有多种文学形式，为儿童观察世界服务的，它传送一种简单的、直线型的信息，反映儿童时期的一种文化和一种群体关系，表达了孩子乐观的、充满希望的、令人兴奋的视点。"这个定义指出了儿童文学形式的多样性与儿童文学的内容特点，但对于儿童文学内容范围界定太广。

国内关于儿童文学的认识，历史上曾经出现过不同说法。一是以周作人、魏寿镛、周侯予等提出的"儿童本位论"，他们认为"儿童文学就是用儿童本位组成的文学，由儿童的感官，可以直接诉之于他精神的堂奥的。换句话说：就是明白浅显，饶有趣味，一方面投儿童心理所好，一方面儿童可以自己欣赏的文学。"二是以鲁兵为代表的"工具论"，他们认为"儿童文学是教育儿童的文学"。三是"主人公论"，认为"儿童文学是写儿童的文学"。这三种说法都各有特点，或强调儿童读者的特殊性，或强调儿童文学的功利性，或强调儿童文学的主题性，但都较为片面，没能从儿童的审美要求去理解儿童文学。因此，儿童文学指专为儿童创作，以反映儿童生活为中心，适合他们听讲与理解的各类文学作品的总称。

二、儿童文学的发展

法国哲学家让-雅克·卢梭（Jean-Jacques Rousseau）认为："大自然希望儿童在成人以前就要像儿童的样子。如果我们打乱了这个次序，我们就会造成一些早熟的果实，他们长得既不丰满也不甜美，而且很快就会腐烂。"说明"儿童世界是一个具有他们个人兴趣的人的世界"，儿童文学是这个世界的反映。

儿童文学发展经历了漫长的时期，与特定社会的儿童观有密切联系。儿童观是指一个社会或一种文化对儿童的总体认识。社会经济与文化的发展影响着儿童观，法国学者菲利普·阿里耶《童年的世纪：家族生活的社会史》指出："儿童观是随着时间的推移以及经济、社会的发展而进步的"。在中世纪及以前的西方社会，"儿童"并不是一个被区别看待的群体，因此不存在"童年"一说，"童年"的概念以及儿童在欧洲家族生活中的位置要到17世纪才得以确立。在中国，"儿童"的独立身份也是在20世纪才慢慢被普遍认识到的。

　　神话、传说、民间歌谣、民间故事等民间文学是儿童文学的主要来源，虽不专为儿童创造，但其幻想或神奇的色彩与儿童天马行空的思维相吻合，在口耳相传的过程中为儿童接受和喜爱。例如中国的《山海经》、印度的《五卷书》、阿拉伯的《一千零一夜》和古希腊的神话等都为儿童所喜欢。1658 年捷克教育家夸美纽斯的《世界图解》成为最早的儿童读本。1697 年法国作家夏尔·贝洛《鹅妈妈的故事》将民间童话正式纳入儿童文学的范畴。18 世纪末到 19 世纪初，儿童的独立性与独特性得到进一步的认识，出现了许多为儿童改编或创作的文学作品，为当时的儿童提供了丰富的精神滋养。例如德国拉斯伯和毕尔格的幻想故事集《吹牛大王历险记》、斯威夫特的《格列佛游记》以荒诞离奇给儿童留下了深刻印象。德国格林兄弟的《格林童话》以拟人手法、大团圆结局的结构模式、幽默风趣的语言风格，影响了一代又一代的儿童。丹麦的童话大师安徒生从民间童话中汲取营养，创作了童话集《专门讲给孩子们听的故事》，开创了文人创作童话的先河。其中《海的女儿》《丑小鸭》《卖火柴的小女孩》《皇帝的新装》《打火匣》《柳树下的梦》等，以诗意的美与温暖的人道主义情怀散发着人性的光辉，打开了创作童话的多彩世界。

　　19 世纪后期，英国数学家查尔斯·路特维希·道奇森以"刘易斯·卡洛尔"为名出版了童话《爱丽丝奇境漫游记》，因其荒诞不经、怪异谐趣而闻名于世。意大利科洛迪的《木偶奇遇记》因想象奇妙、曲折离奇而被誉为"童话圣经"。俄国普希金的童话诗《神父和他的长工巴尔达的故事》《勇士和天鹅公主的故事》《渔夫和金鱼的故事》《公主和七勇士的故事》《金鸡的故事》是俄国儿童教育的经典。托尔斯泰的儿童故事《爱说谎的孩子》《狼和山羊》《狗和自己的影子》长期被选入我国语文教材。法国作家埃克佩里的《小王子》是一本充满哲理的诗性童话，作者用来自 B-612 星球小王子的眼光表达了对真善美的讴歌，被译成 100 多种文字。

　　20 世纪是儿童的世纪，儿童文学蓬勃发展。瑞典作家塞尔玛·拉格洛芙的童话《骑鹅旅行记》将知识性、趣味性和教育性融为一体。儿童文学家林格伦《长袜子皮皮》塑造一个反传统的儿童形象，引起极大反响。美国童话《绿野仙踪》《夏洛的网》《小老鼠斯图亚特》以冒险、想象体现了幻想文学的特点。桑达克《野兽出没的地方》、李欧·李奥尼《小蓝和小黄》、希尔弗希坦《爱心树》成为影响力较大的绘本。意大利罗大里的童话《洋葱头历险记》和《假话国历险记》以风格轻松幽默、构思新颖奇特深受儿童喜欢。日本佐野洋子《活了一百万次的猫》和五味太郎《鳄鱼怕怕牙医怕怕》成为儿童最喜欢的绘本。黑柳彻子《窗边的小豆豆》成为日本历史上销量最大的儿童小说。

　　儿童文学发展经历了一个由集体到个人的创作过程，儿童文学体裁也从童谣、童话、故事逐渐发展到诗歌、散文、小说、戏剧等。儿童文学向成人文学借鉴了各种文体样式，形成富于儿童文体特征的体裁，儿童文学逐渐走向现代化。

三、儿童文学的特殊性

儿童是特殊的群体，他们的身心都处于快速成长阶段，主要通过听赏方式来接受文学内容，需要成人的引导来欣赏文学。因此，儿童文学具有独特的个性。

儿童文学作者的特殊性。美国学者佩里·诺德曼认为："所有被归属为儿童文学的各种不同类型的文本都有一个共同点，那就是作者与目标读者之间的鸿沟。"儿童文学作者一般为成人，与接受对象有着极强的身份差异。成人作者与儿童读者之间的年龄落差以及由此而产生的审美差异，使儿童文学具有极其明显的个性。儿童读者大多不识字或识字量不多，他们的文学内容主要来自父母长辈与教师的转述。如何调适儿童和成人之间的审美差距？关键在于成人作者用适合儿童听赏的语言表达文学内容，成人读者体验作品带来乐趣，并恰当地把这种乐趣传达给儿童。因此，儿童文学对语言的要求非常高，既要方便成人讲读，又要被儿童所理解。苏联文学作家列夫·托尔斯泰认为儿童文学的创作丝毫不逊于成人文学，他说："每则儿童故事我都加工、修改、润色多达十多次""花在语言上的功夫惊人得多。"儿童文学作品中看似简单的语句，却要把诗歌、童话、散文、故事等都写得生动活泼，这对作者有较高的语言素养与写作能力要求，造就了儿童文学作者的特殊性。

儿童文学读者的特殊性。儿童没有明显的自我意识，分不清现象世界和想象世界的界限，经常同时生活在现实与想象两个世界中，泛灵观念支配着他们的认知思维，使他们对生活和世界表现出纯美的爱心、神奇的向往。这种物我不分、主客不辨的思维方式使他们对童话等幻想文学产生浓郁兴趣。儿童与生俱来的游戏精神，使他们喜欢在游戏中理解文学。儿童文学中的儿歌、儿童诗与童话故事，或以欢快的节奏、和谐的音韵、灵动的语言吸引孩子，或以曲折离奇的情节、生动鲜明的形象感染孩子。由于儿童身心尚未成熟，凭借自己的能力不足以胜任儿童文学阅读任务，必须通过成人讲述来完成，因此，儿童文学存在着"双重读者"的现象，体现了儿童文学读者的特殊性。

儿童文学文本的特殊性。儿童期是语言发展的关键期，儿童文学通过富有表现力与感染力的语言引导儿童了解作品、感受文学语言，在游戏中体会文学情境，感悟文学美，因此，儿童文学文本具有语音、语象与意味三个层次。在听赏文学过程中，儿童最先感受语音层，作品中的押韵、排比、对仗、双声、叠韵等修辞形成的语音效果吸引着儿童，在吟诵中感受声韵游戏的乐趣。儿童文学的语象寄寓在语音层，也可用图画传达出来。寄寓在语音层的语象须通过成人解读传达给孩子，引导他们领会文学作品的情境。通过图画传递的语象则可由孩子自己解读，凭借他们的经验"读"懂这些图画，也读懂图画中的故事。儿童文学所传达的意味，大多与儿童生活密切相关，有的是小小快乐，有的是小小幽默，有的是小小感动，一般没有特别深刻的寓意。这种意味是清浅的、透明的，是一望到底的简简单单的游戏趣味。例如传统儿歌《小老鼠上灯台》："小老鼠，上灯台。偷油吃，下不来。喵喵喵，猫来了，叽里咕噜滚下来"，这首儿歌由 25 个汉字组合构成语音层，儿童在听讲中感受韵律，"台""来""叽里咕噜"等词语给儿童带来押韵与拟声所带来的语音效果，想象小老鼠爬上灯台偷油吃，被猫发现吓得失足掉下灯台的情景，再借助押韵和小老鼠偷油的故事表现儿歌欢快的意味，非常有趣。

第二节　儿童文学的特征

儿童文学独特的年龄特征与审美心理，以及儿童以"听讲"为主的接受形式，使儿童文学具有不一样的特征。

一、认知性

认知是指"那些使头脑中产生认识的内部处理过程及结果"。儿童期的孩子除了满足基本的物质需要之外，对周围世界也很好奇，认知成为他们必须掌握的基本能力。17 世纪英国哲学家约翰·洛克认为儿童是白板，他们的天性就像没有痕迹的白板或柔软的蜡块，教育者可以随心所欲地涂写或塑造。这一比喻说明儿童的可塑性是非常强的，儿童社会性发展要求儿童必须认知自然、生活与行为，儿童文学与儿童认知教育之间有着非常密切的关系。

儿童文学的一大功能就是采用儿童易于接受的图像或语言来帮助认识客观世界，包括日月星辰、风雨雷电等自然现象，各种动植物以及人间节气等基本知识，帮助儿童建立简单的自然观。例如绘本《一园青菜成了精》通过生动形象的图像使儿童认识莲藕、小葱、茄子、白菜、豆芽、葫芦等蔬菜，并以奇妙的声韵将认知对象引入一个简单而有趣的故事，帮助儿童在具象的情境中获得认知。儿童正处于身心迅速发展时期，成长带来身体的变化使儿童非常好奇，如何引导儿童认识自己的身体？儿童文学以故事形式生动解释了这一问题。

案例 1-1

认识我自己
郑春华

夏天，真热啊。果果脱光了汗衫，脱了鞋子，最后连花短裤也脱光了。

果果想去海滩。他光着身子，穿过小树林，跑呀，跑呀。呀，树林里真凉快，风吹在身上就跟雨淋在身上似的，舒服极了。

果果在树林里跑着跑着，一只猫头鹰忽然指着果果的背后问："那是什么呀？真像一只大皮球。"

果果说："这不是大皮球，这是我的屁股。"

一只小青蛙蹦到果果跟前，指着果果的肚皮问："这是什么呀，真像一个小洞洞。"

果果说："这不是小洞洞，这是我的肚脐眼。"

一只胖熊笃笃笃笃走过来，绕着果果转了好几圈，最后停住，弯下腰，指着果果的两腿中间问："这是什么呀？真像一只小麻雀。"

果果说："才不是小麻雀呢！这是我的小鸡鸡。"

动物们越来越多，问这问那，有的还忍不住伸出手去摸果果，摸得果果直喊："痒死了！痒死了！"

动物们都跟着果果跑，果果觉得神气极了！他低头看着自己的身体，手臂就越甩越高，腿也越走越有劲！

海滩到了。看，大海伸出许多只手，好像也要摸摸果果，果果奔跑起来。"咚"地跳进海里。他游啊游呀，蓝蓝的海水就像一条巨大的毯子，把果果包起来啦。

"哎呀，看不见了！"动物们只能站在沙滩上说。

这则故事用生动形象的比喻来介绍儿童身体的各个部位：大皮球是屁股，小洞洞是肚脐眼，小麻雀是小鸡鸡等。成人可根据作品的比喻，引导儿童介绍自己的其他器官，如耳朵、鼻子等，使儿童更好地认识自己。

儿童文学的认知性主要体现在游戏中。儿童文学往往通过一个个简单、生动的形象，为儿童提供关于世界和生活的各种知识，使儿童在角色扮演游戏中加深认知，获得比游戏更广泛的认知内容。例如儿童故事《琪琪家的椅子》，从家庭的各种椅子引出了家庭各位成员，对儿童既有认知意义，又让孩子懂得"大人坐大椅子，小孩坐小椅子，大家都舒服"的道理。这一切都源于琪琪的坐椅子游戏："坐大椅子是不是很舒服呀？"于是她爬上了爷爷的躺椅、爸爸的大木椅、妈妈的沙发椅。反复的实践，不一样的感受，最后自然而然地得出结论：还是小椅子舒服。

二、故事性

故事性是指"文学作品完整和生动的故事情节所形成的叙事特质"，喜欢听故事是儿童的天性，面对文学作品，儿童往往以直接印象切入，从故事层面感知作品，关注作品讲了什么故事，是否"好听"或"好看"。这是因为儿童的感性思维强于理性思维，形象思维强于抽象思维，尤其在儿童期，儿童对外界的认识主要通过听与看获得，思的行为较少。因此，儿童文学作品往往以富于变化的情节、环环相扣的故事紧紧吸引着他们。"从孩提时候开始，故事伴随着我们成长，故事让我们认识世界，分辨美与丑、善与恶，了解对和错的道德选择。"不同文体的儿童文学对故事的依赖程度有所不同，一般说来，儿歌、儿童诗、儿童散文等故事性较弱，故事情节描写较少，童话、儿童故事、儿童小说等故事性较强，故事情节描写较为详细。

儿歌、儿童诗与儿童散文用小小的情节来吸引儿童。儿歌把故事寓于韵律之中，使儿童在念唱中感知故事形象，提高认知能力。其中的小小情节，往往成为吸引儿童的亮点。

案例 1-2

瓜

冬瓜冬瓜，像胖娃娃。

黄瓜黄瓜，像月牙牙。

西瓜西瓜，穿着花褂。

丝瓜丝瓜最淘气，

爬上屋顶睡觉。

这首儿歌采用比喻手法，形象地表现冬瓜、黄瓜、西瓜的外形，通过拟人手法表现丝瓜的生长环境，以"丝瓜在屋顶睡觉"的小小情节表现它的与众不同。在听读这首儿歌时，儿童能形象地认知冬瓜、黄瓜和西瓜，对丝瓜行为抱以会意的微笑，仿佛看到生活中的自己。儿童诗歌与散文的小小情节，一般用情感联接起来，采用"寓情于事"的手法表现故事性。儿童在听赏中感知具体形象，认识客观事物。

案例 1-3

手套

谢武彰

寒冷的冬天来了，

妈妈织了一双手套，

给我上学的时候套，

这双毛线手套就是

妈妈的手握着我手，

我的手就不会冻坏了，

> 我的手很温暖，
> 我的心里也很温暖。
>
> 小明没有妈妈，
> 小明也没手套，
> 我要请妈妈织一双送给他，
> 好让他的手也有
> 妈妈的手紧紧地握着，
> 他的手就不会冻坏了，
> 他的手会很温暖，
> 他的心里也会很温暖。

这首诗以儿童的口吻，从妈妈为我织温暖的手套联想到妈妈的手，又从"手很温暖"体味到"心里也很温暖"；自己温暖了还想到没有妈妈、没有手套的小明，希望妈妈也给他织手套，以温暖小明那颗被冷落的心情，蕴含着儿童同情、关爱他人的思想感情。故事情节很简单，叙述了儿童的手套是妈妈织的，希望妈妈也织一双手套送给小明，通过手套把爱连起来。

童话、儿童故事与儿童小说通过故事性塑造人物形象。童话与儿童故事偏重于"讲故事"，常以生动有趣的故事吸引儿童，通过故事情节塑造人物形象，儿童在听赏中感受乐趣，受到情感熏陶。

案例1-4

梨子小提琴

冰波

小松鼠捡到一只大梨子。他把梨子切下一半，做成了小提琴，琴声传得很远很远，这样好听的音乐，森林里从来没有过。

狐狸听到了琴声，对小鸡说："我不捉你，我要去听音乐。"

狮子听到了琴声，对小鸡说："我不追你，我要去听音乐。"

动物们都来到了松树下，听小松鼠拉琴。拉呀，拉呀，星星也来听，月亮也来听，森林里又美好又安静。

突然，小提琴上掉下来一粒东西。咦，这是什么呀？小松鼠："这是小提琴上掉下来的一个小音符。"

第二天，地里长出了一棵小绿芽，它多像一个小音符呀！小绿芽很快地长成了一棵大树，树上，结出了很多梨子。这些梨子都做成了小提琴，森林里到处可以听到音乐，大家都很快乐。

这则童话讲述了音乐的神奇故事，狐狸、狮子都在音乐感染下不再欺负小动物，动物之间充满和睦与友爱，森林里充满了温馨、宁静和友好。音乐改变了世界，陶冶了性情，塑造了松鼠、狐狸与狮子的可爱形象，流露出的美好愿望，体现和谐共处的情感。

儿童小说注重刻画人物性格和塑造人物形象，也注重展示人物的内心世界。人物个性的形成和富有个性的人物活动过程，演绎着儿童小说的"故事"，带来儿童小说的情节性与故事性。

寓言以故事性表现寓意。寓言具有以小篇幅包容大寓意的特质，这就决定了寓言所讲述的必须情节紧凑，在环环相扣、动态推进的故事中体现意味深长的哲理，寓言所陈述的故事不讲求情节的曲折丰富和人物环境的详尽描绘。

案例 1 - 5

夜莺和孔雀
（德）莱辛

一只喜欢交际的夜莺在森林中唱歌，遇到了一群忌妒者，连一个朋友也没找到，"或许我能在另一种鸟类中找到朋友"，于是很自信地飞到孔雀那里。

"美丽的孔雀，我真羡慕你。""我也羡慕你，可爱的夜莺。""那让我们做朋友吧"，夜莺继续说，"我们俩是不会相互忌妒的，你使人得到眼福，有如我使人得到耳福一样。"

夜莺和孔雀成了好朋友。

这则寓言的篇幅很短，情节却是完整而紧凑的，字里行间充满一种平和温馨的情调。没有曲折的情节，也没有详尽的描写，在夜莺与孔雀对话的简单情节中揭示寓意：最亲密持久的友谊，常常是在能够互相取长补短的人之间结成的。这一道理，潜沉于夜莺寻找友谊的故事中，凭借故事得以体现。

三、游戏性

荷兰著名的文化学者 J. 胡伊青加认为："游戏是一种自愿的活动或消遣，这种活动或消遣是在某一固定的时空范围内进行的；其规则是游戏者自由接受的，但又有绝对的约束力；它以自身为目的并且伴有一种紧张、愉快的情感以及对它'不同于''日常生活'的意识。"游戏是儿童生活中最喜欢的活动，德国著名的教育家福禄贝尔认为游戏是儿童教育的基础。游戏给人以欢乐、自由、满足，内部和外部的平静，同周围世界和平相处。儿童文学具有较强的游戏性，主要表现为两方面：一是语言游戏，主要表现在语音层面，儿歌表现最为明显。

案例 1 – 6

扁担和板凳

扁担长，板凳宽，

扁担没有板凳宽，

板凳没有扁担长。

扁担绑在板凳上，

板凳不让扁担绑在板凳上，

扁担偏要绑在板凳上。

这首儿歌把发音相近的"扁担""板凳""绑"连起来，在有节奏的诵唱中感受音韵的乐趣，随着节奏的加强，出现语音错乱的现象，儿童在念诵时不断纠正语音，在欢笑中享受语言的乐趣。此外，有些儿歌本身就是游戏，儿童常在游戏中念诵。

案例 1 – 7

一根手指头变呀变呀变

一根手指头变呀变呀变，变成毛毛虫，爬呀爬呀爬；

两根手指头变呀变呀变，变成小剪刀，剪呀剪呀剪；

三根手指头变呀变呀变，变成小花猫，喵喵喵；

四根手指头变呀变呀变，变成小螃蟹，爬呀爬呀爬；

五根手指头变呀变呀变，变成小红花，摇呀摇呀摇；

六根手指头变呀变呀变，变成小电话，喂喂喂；

七根手指头变呀变呀变，变成小老鼠，吱吱吱；

八根手指头变呀变呀变，变成小手枪，啪啪啪；

九根手指头变呀变呀变，变成小勾子，走呀走呀走；

十根手指头变呀变呀变，变成小锤子，捶捶捶。

这首儿歌采用固定的句式"X 根手指头变呀变呀变，变成……"，以数数的形式，把十根手指头变成一个个不同的东西，儿童边念边做动作，在游戏中感受语言的乐趣。在游戏中，教师可以不断丰富手指变幻的内容，激发儿童不断游戏的兴趣。

二是文学作品本身蕴含游戏，或表现为奇幻的情境，或表现为有游戏的场景。儿童在听赏玩耍中践行作品内容，既理解作品内容，又在实践中再现游戏场景。

案例 1-8

抬轿子

夏辇生

男孩子，搭轿子，女孩子，坐轿子，一颠一颠出村子。女孩戴着野花环，活像一个新娘子。

"去哪儿呀?"男孩子问。

"找新郎!"女孩子说。

"新郎在哪呀?"男孩子瞪大眼睛找。

"太阳里! 月亮上!"女孩子咯咯笑弯了腰。

轿子掉转头，"嗵嗵"往回抬。任女孩子捶，任女孩子嚷，抬轿子的都成了哑巴样。

回到大树下，"叭"轿子散了，新娘摔了，哑巴扯开嗓门大声嚷:

"新娘子送上太阳、送上月亮，谁跟我们抬轿、斗嘴、过家家?"

这则儿童故事就是一个游戏场景，孩子们在接新娘的场景中感到游戏的快乐，经常混淆想象与现实的界限，如: 女孩子说到太阳里、月亮上，男孩子一听就生气了，根本没想到他们是没有能力把女孩子抬到太阳里或月亮上的，也没有想到太阳与月亮是不适合人类居住的。

四、浅语性

儿童期是语言发展的关键期，儿童文学是培养语言和思维的重要工具。由于儿童语言能力还处于浅层区，不能理解和接受深奥的语言，因此，儿童文学应用浅显的语言来表达，以便儿童听得懂、听得明白。

儿童文学的浅语性主要表现为以下方面: 第一，词汇浅显。儿童的使命是成长，成长的过程就是了解世界。生活中许多孩子喜欢与比自己大的孩子玩耍，重要原因就是学习他们的语言、动作，体会成长的快乐。儿童文学的认知性迎合儿童成长要求，使儿童在听赏中增长经验，认识各种客观事物、体验各种情感。儿童文学的重要组成元素是词汇，浅显的词汇有利于儿童对文学作品的理解。儿童理解的词汇以实词为主，尤其是名词、动词与形容词，虚词中的语气词、感叹词与拟声词，能把抽象事物具体化，是儿童日常运用较多的词汇。因而，儿童文学一般用名词、动词与形容词构成简单的句子，辅以一定的副词、感叹词或拟声词加强情感或形象化。

案例 1-9

我有一个好朋友

任溶溶

我和妈妈去公园，妈妈让我自己去玩。

我跑到一片草地上，碰到了一个外国小朋友。我说："你好！"他说："叽里咕噜！"

我说："我们一起玩好吗？"他说："叽里咕噜！"

我们在草地上翻跟斗。我说："真好玩！"他说："叽里咕噜！"

我们荡秋千，你推我，我推你。我说："飘啊飘，飘得高又高！"他说："叽里咕噜！叽里咕噜！"

我们一起滑滑梯。我叫："呜哇！"他叫："呜哇！"

我们一起玩跷跷板。我叫："叽叽叽叽！"他叫："叽叽叽叽！"

我们分别了。我说："再见！"他说"叽里咕噜！"

我跑回我的妈妈身边说："我们玩得真开心！"他跑回他的妈妈身边说："叽里咕噜！叽里咕噜！"

我有一个外国好朋友，我们玩得真开心。

这则儿童故事描写"我"与外国小朋友玩耍，表达了"我"与外国小朋友快乐的心情。故事以对话形式，用名词、代词、动词、形容词、拟声词为主，如"公园、草地、跑、翻跟斗、推、荡秋千、滑滑梯、跷跷板、高又高、真好玩、真开心、叽哩咕噜、呜哇"等，这些词语都是日常生活中儿童经常接触的，容易为他们所接受与理解。

第二，句子简短。研究表明，儿童在三岁以前，每句话大约平均不超过五个字，句型主要是主谓或谓宾类简单句型。三岁以后出现复合句，但也多是简单句的组合，一般没有关联词，且以并列式的复合句为主，一般不超过十个字。因此，儿童文学语句大多简单，一句话通常是五六个字，多则十来字，个别长句也不超过十五个字。例如著名的儿童故事《拔萝卜》《三只小猪》《小兔子乖乖》《没有牙齿的大老虎》《小蝌蚪找妈妈》等，这些故事篇幅较长，但每个句子极少超过十个字。篇幅较短的儿童诗歌《排排坐》《小蚱蜢》《小花鼓》，儿童散文如谢武彰的《捉迷藏》、夏辇生《项链》、薛卫民的《月亮渴了》、白冰《丛林里的星星》，等等，都以简单短小的句子进行描写，方便儿童理解。

第三，用儿童思维讲述。儿童以形象思维为主，对事物的了解停留在表面，为此，儿童文学常用多种方法讲述，方便儿童理解。例如从儿童的视角观察事件，或以儿童的口吻描述事件，或以拟人、比喻、夸张等修辞手法来表现事件。例如冰波的《耳朵上的星星》："小松鼠的歌唱得那么好，把满天的小星星都唱出来了，眨着眼睛静静地听"，采用拟人手法表现小松鼠歌声的优美，把小星星唱出来了，符合儿童的欣赏要求。儿童文学主要是发展儿童的口头语言与书面语言，综合发展他们的语言能力，体验文学的语言美，一般不用过于口语化的语言，例如儿童喜欢用重叠词，但在文学作品中很少用"猫猫、花花、洗洗、擦擦"这样的表述，常用"小猫、小花、洗一洗、擦一擦"来表达，这样的方式既方便儿童理解，在表达上也更规范。

总之，认知性、故事性、游戏性与浅语性是儿童文学的基本特征，其中故事性与浅语性是基础，在此基础上以游戏的形式把儿童带入文学情境中，让他们在情境中认识世界的丰富多彩，感受和体验人与自然的和谐相处，从而感悟儿童文学的意境美、情感美与语言美。

第三节 儿童文学的价值

著名儿童文学家金波说："儿童文学是发现美的文学，更是抒发美好感情的文学。经常和孩子一起徜徉于这个美的世界，将会让孩子拥有不一样的美丽童年。"儿童文学带领儿童认识周围事物，感知丰富多彩的世界，表现他们纯洁质朴的想法与光怪陆离的幻想，在听赏与游戏中感受文学的情感美、意境美与语言美，对儿童健康成长具有非常重要的价值。

一、启迪儿童心智

在儿童成长过程中，每天都好奇于新事物的出现，限于时间与精力，儿童的认知大多来自间接经验，儿童获取这些经验的较好途径是听讲与游戏，儿童文学非常符合儿童的这一学习特点。"是什么""为什么""怎么做"是儿童成长与社会化的三大因素，儿童文学能在潜移默化中促进儿童的社会化，满足他们的好奇心，启迪他们的心智。

儿童文学以儿童的眼光观察世界万物的变化，帮助儿童突破生存空间的局限，开阔视野、增长知识，培养儿童初步的道德意识，促进儿童由"自然人"向"社会人"转变。在儿童的成长过程中，吃饭、穿衣、洗脸、睡觉、认识动植物、了解自然等都是学习的内容，机械认知难以培养儿童的兴趣，儿童文学中短小活泼、形象生动的儿歌，光怪陆离、充满幻想的童话，贴近生活、切合已有经验的儿童诗歌，给不同年龄段的儿童以知识与道德启蒙，一步步引导他们走向社会化。

案例 1 – 10

圆

苹果圆圆香又甜，
车轮圆圆滚向前，
皮球圆圆会蹦跳，
太阳圆圆挂天边。

这首儿歌从儿童对圆的经验出发，认识圆圆的苹果、圆圆的车轮、圆圆的皮球、圆圆的太阳，由身边事物扩展到自然，用嗅觉、视觉、味觉、触觉等引导儿童认识圆。儿童在有节奏地念唱中感知圆圆的东西，启发他们寻找生活中更多的圆，表现儿童文学的启蒙价值。

儿童文学可以采用不同体裁表现同一个知识，丰富儿童对知识的认知，感受儿童文学多样的表现形式，在不同的体验中不断扩展对知识的了解，引导儿童逐步"社会化"。

案例 1 – 11

圆圆与圈圈
郑春华

有个圆圆，爱画圈圈，大圈像太阳，小圈像雨点。晚上，圆圆睡了，圈圈很想圆圆，悄悄地、慢慢地，滚进圆圆梦里面——一会儿变摇鼓，逗着圆圆玩；一会儿变气球，围着圆圆转……圆圆睡醒了，圈圈眨眨眼，变成大苹果，躲在枕头边。

这首儿童散文以简单的故事生动表现圆形：圆圆是孩子，圈圈是形状，圆圆梦见圈圈变成鼓、变成气球，围着自己转，圆圆醒后，发现原来圈圈就是苹果的形状。通过比喻与拟人描写圈圈调皮捣蛋的形象，让圆圆在苹果的情态中感知圈圈的形状，引导儿童认识圆。

案例 1 – 12

圆圆和方方
叶永烈

你认识圆圆吗？你认识方方吗？

它俩是你的老朋友啦：圆圆就是你下象棋的棋子。可不是吗？每一颗象棋的棋子，都是圆溜溜的，所以叫"圆圆"；方方就是你下军棋的棋子。可不是吗？每一颗陆军棋的棋子都是长方体的，所以叫"方方"。

有一天夜里，象棋正好和陆军棋放在一起，圆圆跟方方没事儿就开始聊天了。

圆圆觉得自己的本领大，它对方方说："你瞧瞧，世界上到处都是我圆圆的兄弟——汤圆是圆的，乒乓球是圆的，脸盆、饭碗、茶杯是圆的，就连地球、太阳、月亮也都是圆的！"

方方听了一点也不服气，它觉得自己的本领比圆圆强，说道："你瞧瞧，世界上到处是我方方的兄弟——书是方的，报纸是方的，床是方的，毛巾是方的，铅笔盒、信封、汉字是方的，就连天安门广场、人民大会堂也是方的！"

它俩都觉得自己本领大，你一言，我一语，吵到半夜，还是谁也说服不了谁。它俩争着，吵着，吵着，争着……声音越来越小，越来越轻——吵累了，争累了，夜深了，睡着了。

圆圆睡着了，开始做梦——

圆圆梦见自己来到建筑工地，一看，方方的同伴在那里——大堆砖头都是方的。圆圆气坏了，说声"变"，就叫那些砖头都变成圆的。可是，用圆砖头砌成的房子，砖头会滚动，一下子就坍倒了。建筑工人叔叔对圆圆说："砖头不能做成圆形的。方的砖头能够紧密地砌在一起，墙壁非常结实，所以我们要方的不要圆的！"工人叔叔说声"变"，砖头重新变成方的了，砌成的房子又结实又漂亮。

圆圆没办法，只好垂头丧气地离开了建筑工地。

圆圆来到了农村，一看，方方的同伴又在那里——成块成块的田都是方的。圆圆很不高兴，说声"变"，就叫那些田都变成圆形的。这下子，圆圆可高兴啦。可是，它听见一个不高兴的声音："是谁把田都变成圆的？圆跟圆之间多出来一大块、一大块空地，这怎么行呢？太浪费土地啦！"圆圆一看，原来是农民伯伯在说话。只听得农民伯伯说声"变"，田地重新变成方的了。一块紧挨着一块，中间只留下一条细长的田埂，好让人们走路。

这一夜，圆圆做了好几个梦。在每一个梦里它都想把方方赶走，变成圆圆，可是都没有成功。这一夜，圆圆翻来覆去，没睡好。

想不到，方方睡着了，也做起梦来——

方方梦见自己在公路上遇到一辆自行车，它一看见自行车的车轮是圆的，心里就火了。方方说声"变"，自行车的车轮一下子就变成方的了，这时，自行车马上倒在地上。那骑自行车的阿姨从地上爬起来，非常生气，问道："是谁把我的车轮变成方的了？方的车轮怎么滚动？"阿姨说声"变"，把车轮重新变成圆的，骑着自行车飞快地跑了。

方方没办法，东游西逛，来到了炼油厂。它一看，炼油厂里贮藏汽油的油罐怎么都是圆的，很不顺眼。它说声"变"，把油罐一下子变成了方的。想不到，这下子可闯祸了，油罐里的汽油直往外冒。方方知道，汽油是很危险的东西，一见火就会烧起来，不得了！油罐生气地说："是谁把我变成方的？要知道，石油工人把我做成圆的，是因为圆形的东西装油装得最多。一变成方形的，油就装不下，流出来了。"方方一听，赶紧大叫："变，变，变……"

这时，圆圆一夜没睡好，刚刚睡着，就被方方大叫"变、变、变"的声音吵醒了。

圆圆问方方为什么连声叫"变"，方方不好意思地把自己做的梦告诉了圆圆。

圆圆一听，脸也红了，不好意思地把自己做的梦也告诉了方方。

从此，圆圆跟方方再也不吵了，互相尊重，互相学习。因为它俩懂得：圆圆有圆圆的优点，方方也有方方的优点。

它们俩愉快地互相合作。

在算盘里，圆圆的算盘珠住在方方的算盘框里，三下五除二，飞快地计算着。

在汽车中，方方的车厢坐在圆圆的车轮上，"嘟嘟——"飞快地前进。

还有，方方的电子仪器住在圆圆的人造卫星里。这时，圆圆的卫星在宇宙中飞行，方方的电子仪器用无线电波把太空中的见闻，告诉你和你的小伙伴。

这是一篇科学童话，圆圆和方方从"自我"出发，通过不合常理的现象认识"逞强"的后果，以争吵——做梦——合作的过程表现圆圆和方方由骄傲自大到学会与别人合作的过程。教育儿童正确认识自己，不能只看到自己的长处而看不到别人的长处，只有相互合作，自己的长处才能得到更大的发挥。童话加入"他人"形象，通过梦境让儿童认识各自的作用，说明互补互助的道理，有知识认知也有道德启蒙，有明显的"社会化"痕迹，比较适合儿童听讲。

儿童文学家陈伯吹先生说："在儿童文学的宝库里，几乎都是童话作品，虽然是小猫、小狗，指的却是小读者自己，既然不是直言面斥，也就欣然领教了。"这说明儿童文学的启蒙形式是和颜悦色、潜移默化的，常以拟人手法引导儿童去认识"是什么"与"为什么"，通过"暗示"让儿童知道"怎么做"，在不知不觉中帮助儿童社会化。

二、丰富儿童的情感

儿童是一个特殊的群体，他们的行为能力弱，对成人依赖感强，但并不意味着他们没有情感需求，他们也有自己的喜、怒、哀、乐。由于年龄小、表现力不强，成人容易疏忽儿童的情感需求。儿童文学对儿童的情感需求与情感发展有独特的呼应与提升，满足儿童的情感需求，在某种程度上具有精神治疗的作用，可以丰富儿童的情感。

认识情感，获得体验。情感指的是人对客观现实的一种特殊反应形式，是人对客观事物是否满足自己的需要而产生的态度体验。儿童的情感体验是一种存在于儿童生命中的独特的、有创造性的主观活动。与成人相比，儿童的情感体验具有不稳定性、外露性和易感性等特征。与其自身相比，儿童的情感体验随着年龄的增长呈现逐渐复杂化、社会化和个别化的趋势。儿童期是健康情感的奠基期，也是情感熏陶的黄金期，良好的情感熏陶能帮助儿童形成初步的人文情怀。儿童文学是情感的载体，在听赏过程中，儿童可通过动作、语言来体验不同的情感，认识情感的不同表现形式，丰富儿童情感。例如"爱"是一种抽象的情感，儿童由于年龄小，不容易理解"爱"为何物，儿童文学通过人物的行为帮助儿童理解与体验爱：《猜猜我有多爱你》《逃家小兔》《让路给小鸭子》等从不同角度阐释了爱的多元与深刻，儿童在听赏中知道被照顾、被呵护就是爱，再联系生活中得到的照顾与呵护，对爱的理解就深刻了。

儿童文学传达的大多是文明与美德，目的是把儿童的身体、精神引入符合社会发展要求的轨道，最终成长为人格健全的社会人。在听赏过程中儿童容易被角色命运所吸引，产生情感上的共鸣，会下意识地站在角色的立场上理解故事，在体验角色情感的过程中逐渐学会体验别人的情感，领悟正确与积极的情感，为成为情绪稳定、感觉敏锐、情感丰富与情操高尚的人奠定基础。

案例 1-13

窗外那棵树
常瑞

窗外，有一棵小树。

当小树落叶的时候，一片又一片，飘飘洒洒，像小树落下的泪珠。

有一天，小树落光了叶子。我在窗前，望着那光秃秃的枝丫，也差点落下了伤心的眼泪。

小树在寒风中摇摆，谁和它做伴？

小树在秋风中颤抖，谁给它欢乐？

突然，飞来一群麻雀，落在了树上。啊，小树长出了一大片新叶，叽叽喳喳，叽叽喳喳，唱着欢乐的歌。

我笑了。

我看见，小树也笑了。

这篇散文描写秋天来了，落光了树叶的小树在寒风中瑟瑟发抖，非常地孤独与哀伤。"我"不禁为小树担忧，"谁和它做伴？""谁给它欢乐？"唤起儿童的同情心。当麻雀与小树相伴，为小树歌唱，给小树带来生机时，儿童体验了小树得到麻雀带来的欢乐，从而领悟帮助别人的快乐。

儿童文学家朱庆坪说："对于儿童来说，文学的作用不仅仅是语言的训练、想象力的培养、常识的灌输以及肤浅的道德修养的教化，而同样应得到美的享受、心灵的震撼，以一种潜移默化的方式受到感染、受到熏陶。"说明儿童文学对儿童的情感体验起着非常重要的作用。

宣泄情感，愉悦身心。20世纪最具影响力的文学理论家诺斯若普·弗莱在《文学的疗效》中指出："在文学艺术具有疗效的整个范围内，我们无疑会发现，最佳词语按最理想排列就能以许多方式对人体产生作用……我只是提醒大家，不应忽视在如今这个疯狂的世界里，文学及其他的艺术所具有的巨大的助人康复的力量。"现在的儿童心理治疗中，叙事功能越来越受到重视，20世纪50年代，"读书疗法"在英、美等国率先提倡，儿童医生、教师等渐渐认识到故事是治疗孩子身心失序的有效工具，一些儿童医院开始推广"读书疗法"。对于身心正常的儿童来说，读书疗法具有宣泄情感、愉悦身心的作用，儿童文学通过故事描述问题，使儿童正确认识自己，找到解决途径。

案例 1 – 14

当心你自己身上的小妖精
任溶溶

　　有一个小男孩，名字叫多多，他很乖很乖，爸爸妈妈都很喜欢他。他很讲道理，不瞎吵不瞎闹，可是这样的乖多多却突然不乖了，变得不讲理，而且经常哇哇大哭。爷爷觉得很奇怪，多多为什么突然不乖了？爷爷说："我明白啦，一定是你生病的时候，一个专门捣乱的小妖精钻到你的身体里了。"多多求爷爷："你能帮我把它赶走吗？"爷爷说："我可以帮你，但主要靠你自己跟他斗。"接下来的日子里，每当多多想不乖的时候，爷爷就在多多的耳边说："别忘了，脾气精在对付你！"多多一听就立刻变得听话起来，越来越快地把脾气精打败了，连妈妈和爸爸都还没有来得及说他不乖，他已经乖了。最后脾气精大概是自己大发脾气，离开多多，不理睬他了。

　　这则故事形象地表现了儿童乱发脾气的情态，爷爷把发脾气比喻为多多身体里藏了个小妖精，教多多控制脾气打败脾气精。儿童喜欢游戏，爷爷引导多多用"打仗"的游戏形式控制情绪，收到了良好效果。生活中儿童发脾气时，成人多以说教、安抚或打骂的形式，这则故事却以"打妖精"的游戏形式，生动有趣地引导儿童学会控制脾气，容易被儿童所接受。

　　英国儿童文学家阿·林格伦说："我写童话就是为了让我心中的那个孩子高兴。"儿童文学常通过有趣的故事与儿童一起寻找重获稳定、平静情绪的方式，使儿童情感得到宣泄，从而培养儿童开朗的性格。

三、发展儿童思维

研究表明"感觉的敏感期是从出生到 5 岁；语言的敏感期是从出生后 8 个星期至 8 岁；动作的敏感期是从出生到 6 岁左右"，儿童期是各种敏感期的重要阶段，是思维形成的重要时期。这时期儿童语言发展严重影响他们的思维习惯，儿童文学对于推动儿童口语向书面语发展有着非常重要的价值，儿童在听赏中会纠正、评价别人的发音，掌握新词汇，获得规范语言的表述方式，从而促进儿童思维发展。

发展儿童言语。《儿童园教育指导纲要（试行）》指出："引导儿童接触优秀的儿童文学作品，使之感受语言的丰富和优美。"儿童文学在语言表现方面非常注意用词的形象性，把所描写的情景、形象、状貌、性格等，具体而生动地展示出来，切合儿童的欣赏特点。儿童文学是语言艺术的结晶，其浅显、优美、规范的语言是培养儿童言语能力的重要资源，儿童在听赏过程中大大丰富了词汇，掌握了规范的语言表达句式，以及多样化的表述方法，促进其言语能力的发展。儿童诗歌在语言形式上分行分节，有明显的韵律，并采用生动多样的表现手法来抒发情感，便于儿童吟诵，有助于训练儿童表达能力。儿童散文用凝练、生动、优美的语言写成，可供儿童学习叙事、状物或写景。童话、故事是儿童讲述的最佳载体，有利于培养儿童语言的连贯性。儿童诗歌的音乐美、儿童散文的语言美、儿童故事的童趣美……都能有效推动儿童在听赏与念诵中掌握语音、语调与语感，有利于培养清晰流畅的表达能力，促进言语能力的发展。

案例 1－15

小花鼓

一面小花鼓，
鼓上画老虎。
宝宝敲破鼓，
妈妈拿布补。
不知是布补鼓，
还是布补虎。

这是一则绕口令，它把读音相近的"鼓、虎、布、补"等组织起来，在念诵"g、h、b"的发音时，先要求儿童准确清晰地发音，再要求顺利流畅，儿童在不断的听赏与念诵中提高语音的清晰度，进而提高自己的言语能力。

发展儿童思维。语言是思维的工具，思维是智力的核心。儿童思维以形象思维为主，"在整个儿童期，思维总是不断发展变化着，体现了从直觉行动思维向具体形象思维和逻辑思维发展的趋势。"儿童在听讲过程中感知和理解丰富的故事情节，促进分析、判断、综合、推理能力的形成，获得自然、生活、人文等知识，从而促进他们思维能力的发展。

案例1-16

老鼠和钟
陈伯吹

滴答！滴答！滴答！……一间黑黑的屋子里，什么声音都听不到，只有钟摆在响。

小老鼠虽小，耳朵特点灵。这是什么声音？它缩在洞里，不敢伸出头来。

肚子饿极了，真难受啊，一定要出去找点东西吃——怕什么！就是碰上那可恶的猫，给它咬死，也比饿死在洞里要好些。它想到这里，鼓起勇气准备出洞。

忽然，它又想：不！要是出去真的被它咬死，那太不值得了，再忍一会，等那声音不响了再出去！

过了一会，它饿得受不了了。"真不讲理！你们吃东西是应该的。我吃就不对吗？"它气得全身发抖，决心出洞去。

它真的出洞了，非常小心地向四周看个仔细，然后轻轻地一步一步地跨出去。

滴答！滴答！滴答！声音还在响，它越走越害怕，越走越胆小，一下子回转来，钻进洞里去了。

"我太不中用了！我这个胆小鬼，只配挨打挨饿。唉，唉！"

钟连响了十二下，吓得它连滚带爬地逃回洞里："好险呵，差点把我吓死……"

这一天夜里，它几次出洞，又几次逃回来，到底没有吃到一点儿东西，整整饿了一夜。

钟声还在滴答！滴答！地响，饿了一夜的小老鼠怎么办呢？

这则童话描写一只饿极的老鼠，黑夜里听到房间的滴答声，不知这是什么声音，害怕得不敢动，只能饿着肚子缩在洞里。它几次出洞，又几次逃回来，都没有吃到一点儿东西，饿了整整一夜。引发儿童思考：小老鼠该怎么办呢？不禁联想到自己的生活，自己也有因为害怕而不敢出门的经历。在欣赏过程中成人引导儿童说说自己害怕的经历，大胆表述自己的所思所想，并引导儿童围绕文学作品进行想象性讲述，可以较好地培养儿童的发散性思维。

儿童文学中还有很多打破惯性思维的作品，启发孩子多角度、多维度地思考问题，促使孩子们开阔视野，克服成规、呆板和固执的束缚，培养孩子灵活多变的思维方式，从而形成一定的思辨能力。

案例 1-17

数角

一头牛，两只角，

两头牛，四只角，

三头牛，六只角，

——要是牛犊没有角。

一张桌子四个角，

两张桌子八个角，

三张桌子多少角？

——要是圆桌没有角。

这首儿歌打破数数歌的写作模式，没有按照数数的方式结尾，而是来个急转弯，把没有角的"牛犊"和"圆桌"放在结尾，这是一种打破常规的思维方式，以引起孩子注意，培养他们的创造性思维。

总之，儿童文学在儿童成长过程中的价值是不言而喻的，注重引导儿童听赏文学，可丰富他们的情感、感受生活的更多乐趣。

◎ **知识回顾**

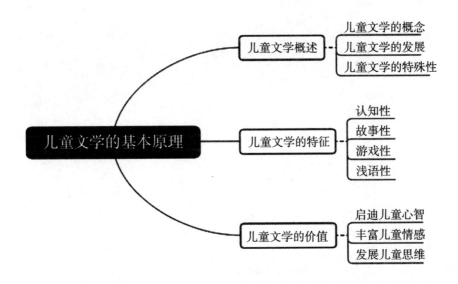

◎ **实践练习**

1. 回忆你听过或阅读过的儿童文学，并把它记录下来。

2. 谈谈你对儿童文学价值的认识。

3. 阅读作品，完成以下问题。

（1）模拟给儿童讲述故事，要求：语言生动形象、富有童趣。

（2）讨论：这个故事体现了儿童文学的哪些特征？

第二章 儿 歌

◎ **学习目标**

认识儿歌的概念与特征，知道儿歌的类别。

学会欣赏儿歌，能创编简单的儿歌。

阅读儿歌，感受儿歌的音乐美。

◎ **问题导入**

小白兔

传统儿歌

小白兔，白又白，

两只耳朵竖起来，

爱吃萝卜和青菜，

蹦蹦跳跳真可爱。

问题：

1. 如何引导儿童欣赏这首儿歌？

第一节 儿歌概述

一、儿歌的概念与发展

儿歌是采用韵语形式、适合低幼儿童聆听吟唱的简短歌谣。儿歌是儿童最早接触的文学样式，是"人之初文学"。儿歌这一名称，始于"五四"以后歌谣大运动发展时期，它以动听的韵律、浅显的语言、风趣的内容、口语化的风格、充满童真的情感，表现儿童眼中的世界，是儿童阶段不可或缺的精神食粮。

儿歌又称儒子歌、童谣、小儿语，是民间歌谣的一部分。古人认为，歌与谣是有区别的，歌有歌曲和曲谱，谣没有固定的曲调，唱法随意自由。古代以阴阳五行解释童谣，认为童谣是一种预言，传说上天命令"荧惑星"化作一红衣小孩到人间，"造作谣言"，教给儿童念唱，谓之童谣。因此，童谣成为各个历史时期用于政治斗争的工具，例如秦末农民起义，民间流传"阿房，阿房，亡始皇"的童谣。元代明宗时的童谣"牡丹红，禾苗死；牡丹紫，禾苗死"，据说是政治阴谋的一部分。现代学者钱谷融认为："（童谣）与一般儿歌不同，它有很大的社会性、现实性。它大抵是针对当时社会上的某一件事或这一现象的是非爱憎之感。它的作者当然不会是小孩，而是大人。"可见，古代童谣实际上是时政歌，表达人们对政治的态度。中国古书记载并流传下来的童谣大多是这一类谶言，真正反映儿童生活的儿歌很少。

明代文学家杨慎否定童谣的"荧惑星"说，认为童谣是"出自胸臆，不由人教"的，他把一些真实反映儿童生活的儿歌收入《古今歌谣》。之后，吕坤进一步揭示童谣的本质："儿之有知而能言也，皆有歌谣以遂其乐"，并广泛收集童谣，1593 年编辑 46 首童谣为《演小儿语》，成为我国最早的一部个人搜集的儿歌专集。清代，儿歌价值得到充分肯定，出现了《天籁集》《广天籁集》等优秀儿歌集。清末，梁启超的《爱国歌》、黄遵宪的《幼稚园上学歌》与杨度的《湖南少年歌》《扬子江歌》等为儿童所熟知。20 世纪初，儿歌被当作儿童文学看待。1918 年蔡元培、沈尹默和刘半农等人在北京大学成立了歌谣研究会，创办了《歌谣》周刊。中华人民共和国成立后，涌现了许多儿童文学作家，如圣野、鲁兵、张继楼、金波、张秋生等，写出了许多深受儿童喜爱的儿歌。新时期出现了许多优秀的儿歌和儿歌集，如《365 夜儿歌》《儿歌》《儿歌三百首》《中国新童谣》等。此后，儿歌作为一种文学体裁，成为独具审美价值与艺术魅力的文学形式。

二、儿歌的特征

泰戈尔在《儿歌》中提道："（儿歌）这里面没有任何善恶观念，正如看门人在秋季的万籁俱寂的晌午的甜蜜温煦里，安逸地伸开双脚，酣睡在宫殿的门口；话语、情感没有为提供某个方面的认识而停留，也没有寻找任何借口，漫不经心地搬开看门人的脚，甚至用自己的小手揪着他的耳朵，随心所欲地漫游在巍峨的想象的幻觉宫殿里；假如看门人睡着睡着突然醒来，它们顷刻间逃之夭夭，不考虑如何落脚的地方。"说明儿歌是非功利性的，随性展示儿童天真烂漫的性情，不追求形式上的统一。具体说来，儿歌具有以下特征：

（一）内容浅显易懂

儿歌是儿童认知的主要来源，题材大多取材于儿童生活，内容单纯、浅显，有较强的具象感，结构简单。一首儿歌一般集中描述一件事情，或者表达一个事理，内容与儿童的经验相连，容易为儿童听唱与理解。

案例 2 – 1

小蚱蜢

张继楼

小蚱蜢，

学跳高，

一跳跳上狗尾巴草。

腿一弹，

脚一跷，

"哪个有我跳得高！"

草一摇，

摔一跤，

头上跌个大青包。

　　这首儿歌描述了一个活泼可爱的小蚱蜢学跳高、摔跤的情形，把小蚱蜢得意扬扬的样子勾勒得非常形象生动，与儿童生活非常贴近。儿童在听唱中容易感受小蚱蜢的活泼与可爱。通过"学、跳、弹、跷、摇、摔、跌"等动词表现小蚱蜢的活泼形象，十分幽默风趣。

　　儿童生活经验不多，掌握的词汇有限。儿歌作为吟唱欣赏的听觉艺术，语言浅显易懂，容易为儿童理解。为了适应儿童的形象思维，儿歌常用比喻、拟人、夸张等修辞，用叠词、拟声词等表现事物的形态、色彩与声音，绘声绘色摹写形象。

案例 2 – 2

小熊过桥

蒋应武

小竹桥，摇摇摇，

有只小熊来过桥。

走不稳，站不牢，

走到桥上心乱跳。

头上乌鸦哇哇叫，

桥下流水哗哗笑。

"妈妈，妈妈你来呀！

快把小熊抱过桥!"
河里鲤鱼跳出水,
对着小熊大声叫 "
"小熊,小熊不要怕,
眼睛向着前面瞧!"
一二三,向前跑,
小熊过桥回头笑,
鲤鱼乐得尾巴摇。

这首儿歌运用拟人手法描写小熊过桥时的胆怯、迟疑,以及最终战胜恐惧的经历,用叠词"摇摇摇"形容小竹桥荡来荡去的情态,用"哇哇""哗哗"等拟声词摹写乌鸦与流水的声音,把儿童带入小熊过桥的情境中,容易引起儿童共鸣。

(二) 篇幅短小

儿童对周围事物认识较为单纯,且处于"无意注意"的心理发展阶段,辨别事物的能力不强,喜欢模仿,因此,为便于儿童念唱与记忆,儿歌篇幅一般都短小精巧,结构简单。儿歌一般有四句、六句、八句,句式有三言、四言、五言、七言等。篇幅短小的儿歌便于儿童记诵,满足儿童的成就感,提高他们的念唱兴趣。

案例 2 – 3

吃豆豆

吃豆豆,
长肉肉,
不吃豆豆精精瘦。

这首儿歌仅有 13 字,却能明确告诉儿童吃饭与成长的关系,让儿童知道要养成良好的吃饭习惯,荤素搭配,不挑食。整首儿歌只有三句话,篇幅非常短,内容简洁明了,单纯易学,容易为儿童所理解。

案例 2 – 4

轻轻跳

郑春华

小兔小兔,
轻轻跳。

　　　　小狗小狗，

　　　　慢慢跑。

　　　　要是踩疼小青草，

　　　　我就不跟你们好！

　　这首儿歌有六句，句式有三言、四言与七言，篇幅短小。从儿童视角劝诫小兔与小狗不要踩踏小青草，因为小青草也怕疼，体现泛灵思想。字里行间流露出浓浓的爱意，生动表现儿童热爱大自然、保护绿植的童真之情。

　　（三）韵律感强

　　音乐美是儿歌区别于其他文学样式的最显著特征。和谐的韵律、鲜明的节奏给儿童带来美的享受，激发他们学习的兴趣。

　　押韵是儿歌充满韵律感的主要表现形式。儿歌每一句最后一个字的韵母相同或相近，可使儿歌念诵时产生音韵上的和谐美，形成朗朗上口的韵律。儿歌押韵的方式主要有连韵（句句押韵，一韵到底）、隔行押韵（一般是首行及偶数行押韵）。

案例 2 – 5

小白兔

　　　　小白兔，穿棉袄，

　　　　耳朵长，尾巴小，

　　　　三瓣嘴，胡子翘，

　　　　一动一动总在笑。

　　这首儿歌句末的"袄、小、翘、笑"都押同一个韵，一韵到底，易记易学，适合低幼儿童的欣赏要求，深受儿童喜爱。

　　节奏是形成儿歌韵律感的重要形式。节奏是儿歌的灵魂，没有节奏的儿歌是不受孩子欢迎的。节奏由句子的停顿决定。儿歌中有规律地出现一定数量的音节，形成一定数量的节拍，念唱起来，诗句中极短暂的停顿就形成了节奏。一般说来，三字句为两拍，五字句为三拍，七字句为四拍。

案例 2 – 6

小花碗

李继武

　　　　小花/碗，//

圆又/圆，//

盛了/饭，//

自己/端。//

这首儿歌属于句句押韵、两拍子，采用二一、二一的节奏，把小花碗的圆、儿童独自盛饭、自己端的情形突现于眼前，读起来韵味十足，既朗朗上口，又让人忍俊不禁。

案例 2-7

宝宝爱冰雪

白琳

宝宝宝宝——叫叫，XX XX XX /

不要妈妈——抱抱，XX XX XX /

要到雪地——玩玩，XX XX XX //

要到冰上——跑跑！XX XX XX //

宝宝宝宝——笑笑，XX XX XX //

大雪堆上——跳跳，XXX X XX //

溜冰场上——滑滑，XXX X XX //

锻炼锻炼——真好！XX XX XX //

这首儿歌的特别之处在于句末都是叠词，属于句句押韵方式，采用二二二的节奏，每句有三拍子。每句中的破折号有强化作用，强调了宝宝的动作，使儿歌念诵时有转折感，即由两拍子转为一拍子，读起来抑扬顿挫，韵律感强。

（四）歌戏互补

游戏是儿童认知的重要手段，对儿童成长有非常重要的作用。大部分儿歌是可以游戏的，表现出歌戏互补的特点。儿童边唱边玩游戏，在欢乐的情境中快速记住儿歌内容，促进儿童语言发展的同时，又锻炼了身体。

案例 2-8

五只猴子荡秋千

五只猴子荡秋千，

嘲笑鳄鱼被水淹，

鳄鱼来了鳄鱼来了，

啊呜啊呜。

四只猴子荡秋千，
嘲笑鳄鱼被水淹，
鳄鱼来了鳄鱼来了，
啊呜啊呜。

三只猴子荡秋千，
嘲笑鳄鱼被水淹，
鳄鱼来了鳄鱼来了，
啊呜啊呜。

两只猴子荡秋千，
嘲笑鳄鱼被水淹，
鳄鱼来了鳄鱼来了，
啊呜啊呜。

一只猴子荡秋千，
嘲笑鳄鱼被水淹，
鳄鱼来了鳄鱼来了，
啊呜啊呜。

　　儿童边念唱儿歌边做动作：左手张开向下左右摇摆，右手假扮鳄鱼，当念到"鳄鱼来了鳄鱼来了"时，右手四指合拢做鳄鱼嘴巴咬左手手指，左手每次被咬到后就弯曲一只手指，直至左手全部缩回，儿歌念唱结束。通过两手合作，形象展示五只猴子被鳄鱼吃掉的情形，儿童在游戏中锻炼了手臂，又提高了手指的灵敏度。

　　意大利教育家洛里斯·马拉古奇说："孩子，是由一百组成的。孩子有一百种语言，一百双手，一百个想法，一百种思考、游戏、说话的方式，一百种倾听、惊奇、爱的方式，一百种歌唱与了解的喜悦……"儿歌具有强大的游戏功能，让儿童在玩耍中不断创造新花样，大大丰富儿童的想象力与创造力，愉悦身心，促进语言发展。

案例 2-9

找朋友，勾勾手

金志强

小猴小猴找朋友，见到小猪勾勾手；勾勾手，勾勾手，小猪跟着小猴走。

小猪小猪找朋友，见到小狗勾勾手；勾勾手，勾勾手，小狗跟着小猪走。

找朋友，伸出手，伸出手，勾勾手；小猴小猪和小狗，大家成了好朋友！

这首儿歌以"勾勾手"表现小猴找朋友的过程，引导儿童认识交朋友的简单动作，促进儿童的社会性发展，体验朋友间的亲密情感。

三、儿歌的类别

儿歌分类没有统一标准，根据不同的标准，儿歌有不同的分类。根据儿歌来源可分为民间流传的儿歌和作家创作的儿歌；根据儿歌句式可分为二言、三言、四言、五言、六言、七言、杂言等；根据儿歌章节可分为单节式、双节式、三节式和多节式。根据儿歌内容可分为摇篮曲、数数歌、连锁调、问答歌、绕口令、颠倒歌、字头歌等。

（一）摇篮曲

摇篮曲又称催眠曲、摇篮歌，一般由母亲或长辈吟唱给儿童倾听的一种儿歌，是最早进入孩子世界的文学样式。摇篮曲吟唱时节奏舒缓平稳，旋律优美，歌词浅显简单，它的作用不在"语"而在"声"：比起具体内容，摇篮曲更为重要的是它温柔的声调和节奏所形成的温馨氛围。古今中外，流传着不计其数的摇篮曲，无论以什么语言哼唱，都表现了成人对幼小生命的温柔关爱。

案例 2-10

月光光

广东儿歌

月光光，照地堂，

虾仔你乖乖训落床。

听朝阿妈要赶插秧啰，

阿爷睇牛企上山岗。

虾仔你快高长大啰，

帮手阿爷去睇牛羊。

月光光，照地堂，

虾仔你乖乖训落床。

听朝阿爸要捕鱼虾啰，

阿嫲织网要织到天光。

虾仔你快高长大啰，

抓艇撒网就更在行。

这是一首广东疍民的摇篮曲，营造了一个温馨的夜景，描述疍家人的生活来源与对孩子的希望。曲调悠扬，意境优美，充满对孩子的关心与希望。

（二）数数歌

数数歌是一种培养儿童数目观念、训练儿童识数能力的儿歌。它把数字与文学结合起来，让儿童在念唱中感知数字的乐趣，把枯燥抽象的数字变得生动形象，是培养儿童数学思维的歌谣。

案例 2 – 11

七个阿姨来摘果

北京儿歌

一二三四五六七，

七六五四三二一，

七个阿姨来摘果，

七个花篮手中提，

七个果子摆七样：

苹果、桃子、石榴、柿子、李子、栗子、梨。

这首数数歌于单纯中有变化，有顺数的一到七，有倒数的七到一，所说的行为与事物都是儿童熟悉的：摘果、花篮、果子，有较强的画面感。所列举的水果前面六种是两个字，最后一种是一个字，既有戛然而止之意，也与前面的韵调呼应，极尽声律之美。

（三）连锁调

连锁调也叫连珠体，或叫衔尾体，采用顶针的修辞手法，将上句末尾的词作为下句的开头，或者"随韵结合，义不相贯"。连锁调主要培养儿童思维能力和良好的语言节奏感。传统儿歌中的连锁调，歌词往往不完整，没有明确的含义，但句式简短，连用谐音，韵律感强，符合儿童思维跳跃、逻辑性弱，对音乐却很敏感的特点。郭沫若认为连锁调："转辗蝉联而下，有意无意，无意有意。"

案例 2 – 12

飞上天

传统儿歌

天上星，地上星，

舅母叫我吃点心。

豆腐炒面筋，

面筋甜，买包盐。

盐味咸，买只篮。

篮漏底，买斤豆。

豆子香，买包姜。

姜汤辣，买只鸭。

鸭会叫，买只鸟。

鸟会飞，一飞飞上天。

这首连锁调没有明确的含义，采用顶针手法使后一个音节与前面的音节自然呼应，形成回环往复的音乐效果。儿童在听赏念诵中感受语言的快乐，培养儿童组词能力，发展其语言思维。

（四）问答歌

问答歌又叫对歌，广西称为盘歌，指采用一问一答或连问几句，然后回答的儿歌。因为有问答双方的参与，适宜组织游戏，所以问答歌成为游戏儿歌的一种表现形式。问答歌反映的内容非常广泛，对于培养儿童的观察能力和分辨能力有很好的作用。

案例 2 – 13

开城门

城门城门几丈高？

三十六丈高；

上的什么锁？

金刚大铁锁；

城门城门开不开？

不开；

大刀砍？

也不开；

大斧砍？

还不开；

好！看我一手打得城门开。

这首儿歌适宜儿童进行户外游戏时念唱。把孩子分为两个小组，一个小组扮演"城门"，另一个小组扮演"进城的人"。一个小组念问歌，一个小组念答歌，当"进城的人"说到"好！看我一手打得城门开"时，快速向城门跑去。儿童在游戏中学会一问一答的规则，培养他们的语言思维能力。

（五）绕口令

绕口令又名拗口令，是把若干双声、叠韵的词汇或者发音相同、相近的语词有意组合在一起而构成的生动有趣的儿歌。练习绕口令可以矫正发音，培养儿童吐字辨音的能力，促进儿童思维发展。

案例 2 – 14

白石搭白塔

河北儿歌

白石白又滑，

搬来白石搭白塔。

白石塔，

白石搭。

白石搭白塔，

白塔白石搭。

搭好白石塔，

白塔白又滑。

这首儿歌把白、滑、塔、搭组合起来，儿童在念唱中区分 b、h、t、d 发音，感受语言的乐趣，锻炼了儿童的语言表达能力。

（六）颠倒歌

颠倒歌又名错了歌，指故意把事物的本来面目颠倒过来叙述，使其具有幽默和讽刺意味的儿歌。颠倒歌通过大胆的夸张，故意将事物的正常关系和各自的特征颠倒，造成违背常规的奇怪现象，引导儿童从中辨别是非真伪。

案例 2 – 15

听我唱个颠倒歌

太阳从西往东落，

听我唱个颠倒歌。

天上打雷没有响，

地下石头滚上坡；

江里骆驼会下蛋，

山上鲤鱼搭成窝；

腊月酷热直淌汗，

六月暴冷打哆嗦；

姐在房中头梳手，

门外口袋把驴驮；

咸鱼下饭淡如水，

油煎豆腐骨头多；

黄河中心割韭菜，

龙门山上捉田螺；

捉到田螺比缸大，

抱了田螺看外婆；

外婆在田螺里哇哇哭，

放下田螺抱外婆。

　　这首儿歌把正常现象反着说，有反常的自然现象"打雷不响""腊月酷热""六月暴冷"，有不合常理的事情"石头滚上坡""骆驼下蛋""山上鲫鱼""黄河韭菜"，最有意思的是写反常的生活常识"头梳手""口袋驮驴""田螺比缸大""外婆在田螺里"等，儿童在听唱中联系生活，会不自觉判断真伪，发展儿童语言的同时也有助于培养儿童的判断能力。

　　（七）字头歌

　　字头歌是每句末尾的字词完全相同的儿歌。这类儿歌用同一个字做韵脚（一字韵），句句押韵，韵律感极强，语言亲切幽默，深受儿童喜欢。常见的字头歌尾字一般为"子""头""儿"等。

案例 2 - 16

头字歌

传统儿歌

天上日头，

地下石头，

嘴里舌头，

手上指头，

桌上笔头，

床上枕头，

背上斧头，

爬上山头，

喜上眉头，

乐在心头。

这首儿歌每句都以"头"结束，不是所有"头"字都有意义，头字是"日头、石头、舌头、指头、枕头、斧头"等词的组成部分，没有实在意义，只为念唱时有节奏，增强韵律感而已。

第二节　儿歌的欣赏

儿歌是最具"人之初文学"意义的文体。美学家朱光潜曾说："一切纯文学都具有诗的特质。"儿歌是儿童口中的"活"文学，具有浅显、动听的韵律，是儿童眼中现实世界的表现，是儿童认识自然万物、开启心智的媒介。通过听、赏、念、唱来促进儿童的语言发展，丰富词汇、纠正发音，让儿童在潜移默化中感受儿歌的乐趣。

儿歌欣赏是通过感知、想象、理解等一系列心理形式的积极作用而产生的一种认识、品味、玩赏、再创造和再评价的审美活动。儿童在欣赏过程中得到心理上的满足、精神上的愉悦，并通过体验融入自己的感受，满足审美期待。

一、在听唱中感受儿歌的乐趣

儿歌是儿童最早接触的文学，儿歌吸引儿童主要在于浓郁的儿童情趣、朗朗上口的韵律感。儿童在听赏时容易被儿歌的节奏与韵律所打动，在念诵中体会儿歌所表现的情景，培养语言表达能力，从而感受儿歌的乐趣。

案例 2－17

一件上衣两个袖

一件上衣两个袖，

上面钉了三个扣。

衣上绣了四朵花，

五颜六色美极了。

这首儿歌以数数方式表现衣服的特征，非常接近儿童已有的生活经验，儿童在听赏时联想自己所穿的衣服与儿歌描述一样，不禁感到非常有趣，从而培养他们观察生活的能力。有些儿歌英汉结合，儿童在听赏中不仅了解生活常识，还学会说简单的英文，这种中英结合的方式也容易引起儿童的兴趣。

案例 2 - 18

我俩见面

> 我俩见面是 meet，
> 吃点东西说 eat，
> 握握小手用 hand，
> 碰碰小脚用 foot。
> Meet，eat 和 hand，
> 还有一个是 foot，
> 四个单词要记牢，
> 千万不要搞错了。
> 你把他们搞错了，
> 他们就要生气了。
> Foot 不碰小脚了，
> Hand 不把小手握，
> 没有 eat 可吃了，
> Meet 也不见了。

这首儿歌用四个英文单词meet，eat，hand，foot介绍小朋友见面的情形，儿童在念诵中了解英文的意思，再把这些英文与生活联系起来，容易引起儿童的兴趣，从而感受学习其他语言的乐趣。

二、在游戏中感受儿歌的韵律

儿歌具有歌戏互补的特点，许多儿歌既可唱又可演，儿童在听唱时把儿歌与游戏相结合，可加深儿童对节奏与韵律的感受，激发儿童的表演兴趣，体会儿歌的音乐美。

案例 2 - 19

拉大锯
传统儿歌

> 拉大锯，扯大锯，
> 姥姥家里唱大戏；

接闺女，请女婿，

小外孙子你也去。

绿色藤儿爬上架，

金色花儿吹喇叭。

嘀嘀哒嘀嘀哒，

吹吹打打结南瓜。

这首儿歌第一小节的节奏是：一二一二、二二三、一二一二、二二三，押 u 韵，第二小节节奏是：二二三、二二三、二一二一、二二三，押 a 韵。教师在引导儿童听赏中突出动词的表现力，儿童在理解歌词后引导他们玩游戏，在游戏中体验儿歌的节奏和音韵，从而感受儿歌的音乐美。

案例 2－20

数鸭子

传统儿歌

门前大桥下游过一群鸭，

快来快来数一数二四六七八，

咕呱咕呱真呀真多鸭，

数不清到底多少鸭，

数不清到底多少鸭。

赶鸭老爷爷胡子白花花，

唱呀唱呀家乡戏还会说笑话，

小孩小孩快快上学校，

别考个鸭蛋抱回家，

别考个鸭蛋抱回家。

这首儿歌节奏非常鲜明，两个小节都采用相同的节奏，即二三二三、二二三二三、二二二三、三二三，押同一个韵 a。儿童听赏后，教师引导儿童进行表演，把儿童分为三组，一组表演数鸭子，一组表演鸭子，一组表演老爷爷，大家边唱边表演，在游戏中体会数数的快乐，感受到老一辈对孩子的关爱，在表演中感受儿歌的音乐美。

三、在字词变换中感受儿歌的构思

在听唱儿歌过程中，成人可引导儿童变换儿歌字词，把儿歌中的某个词或某一句话换为另一个词或另一句话，从而体会儿歌的构思，加深儿童对儿歌的理解。

案例 2 – 21

别说我小

妈妈你别说我小，
我会穿衣和洗脚。
爸爸你别说我小，
我会擦桌把地扫。
奶奶你别说我小，
我会给花把水浇。
现在我都长大了，
会做的事情真不少！

成人在引导儿童听唱这首儿歌时，可让儿童说说自己会什么，用一句话完整地说出来，然后按照儿歌原来的样式把所说的话放进儿歌，再念诵换词后的儿歌。

妈妈你别说我小，
我会吃饭和洗澡。
爸爸你别说我小，
我会盛饭和拿报。
奶奶你别说我小，
我会出门把垃圾倒。
现在我都长大了，
会做的事情真不少！

儿童在变换字词时不会考虑儿歌的押韵，成人不必太在意，因为儿童在变换字词中已经理解儿歌构思，在以后的学习中，随着儿童知识的增长，创作中自然用上押韵的词语。也可以让儿童念原来的儿歌与变换词语后的儿歌，想想哪首儿歌更好听？引导儿童把不押韵的词语换成音调相似的词语。

案例 2－22

走路歌
蒲华清

鱼儿走路水中跃，

白鹅走路摇摇摇，

兔子走路蹦蹦跳，

猫咪走路静悄悄。

在听唱这首儿歌后，可引导儿童讨论：除了儿歌中的鱼儿、白鹅、兔子、猫咪外，你还认识哪些小动物？儿童可能会回答：认识小狗、松鼠、小鸟、老虎……"你见过这些小动物走路吗？他们怎么走路？"儿童可能回答：

小狗走路一阵风，

松鼠走路跳跳跳，

小鸟走路眼乱瞧，

老虎走路慢悠悠。

成人在肯定儿童观察认真的同时，可引导儿童：如何让这首儿歌念起来更好玩？让他们把《走路歌》再念一遍，引导他们认识这首儿歌什么地方最好玩？儿童可能说这首儿歌最后一个字念起来声音很像，教师便引导他们变换字词，让自己改编的儿歌念起来声音相似，如把"一阵风"改为"步子小"，把"慢悠悠"改为"真高傲"，等等。

第三节　儿歌的创作

儿童文学家圣野说："一个作家，只有用娃娃的眼睛去注视一切、感受一切，经过深入细致的观察，通过生动有趣的细致描绘，才能非常形象地再现一个娃娃的内心世界，才能大跨步走进儿童文学的殿堂。"儿歌以动听的旋律、浅显的语言、风趣的内容、口语化的风格，充满孩童纯真的感情和丰富的奇妙想象。创作儿歌，应从儿童的视角看世界，用儿童化的语言表述出来。

一、主题贴近儿童生活

儿童的认知来自周围环境，现实生活诸多事物都是儿童认识的对象。作为启蒙开智的儿歌，应真实反映儿童生活，让孩子在儿歌中找到熟悉的东西，提高听唱兴趣，从而认识生活，培养生活情趣。

选择儿童熟悉的题材。儿歌是供儿童诵读、吟唱的作品，选择儿童熟悉的题材能拉近儿童与儿歌的距离，产生听诵兴趣，从而引导他们认识丰富多彩的生活，发现乐趣，体会成长的快乐。对儿童来说一日生活皆课程，生活中的大小事都是他们需要学习的内容，根据儿童的已有经验选择儿歌的题材，可帮助儿童更好的生活。

案例 2 – 23

睡午觉

郑春华

枕头放放平，
花被盖盖好。
小枕头，小花被，
跟我一起睡午觉，
看谁先睡着。

科学研究发现，适当的午休对健康十分有益，尤其对提高孩子的记忆力有十分重要的作用。2~6岁的孩子正处于秩序敏感期，让孩子在固定的时间睡午觉，是培养孩子集体意识与集体责任感的一种形式。儿歌《睡午觉》短小精悍、易于吟诵，有益有趣。整首儿歌共有五句，按五五六七五句式排列，属于杂言句式。儿歌整齐中富于变化，符合儿童的年龄特征。"小枕头，小花被""跟我一起睡午觉，看谁先睡着"，饱含动作与细节，容易为孩子所接受。

在孩子成长过程中，说谎是一种较为普遍的心理现象：有时是为了赢得大人的注意；有时是孩子想象力过于丰富，超出生活的面貌而被认为与事实不符；有时属于自我保护或逃避责任。面对儿童说谎，成人不必过于责备孩子说谎的行为，可利用儿歌引导，给他们一些空间，适宜地关心和帮助他们改正说谎的毛病。

案例 2 – 24

十朵花，九个瓜

盖尚铎

瓜藤藤，爬上架，

一开开出十朵花。

十朵花，九个瓜，

那朵为啥不结瓜？

孩子问，爷爷答：

那一朵，是"谎花"，

开"谎花"的不结瓜，

说谎话的没人夸。

儿童文学家曹文轩认为："这篇童谣构思很巧：一是以'谎花'不结瓜打比方，形象而生动，容易理解和接受；二是爷爷和孩子两个角色各有特定的含义，便于把道理说出来；三是用孩子问、爷爷答的形式，亲切而自然，表达效果好。"这首儿歌没有以说教形式责备孩子说谎，而是通过爷孙问答让孩子认识说谎的后果，告诫孩子不要说谎。

写出童趣儿。童趣，是儿童稚拙可爱的体现，是儿童生活状态的自然流露。儿歌的童趣源自想儿童之所想，见儿童之所见，发儿童之所感。儿童正处于求知欲强、追问刨根问底阶段，创作儿歌应表现他们的奇思妙想，写出童趣儿。

案例 2 – 25

太阳和月亮

吴昌烈

太阳月亮两娃娃，

打开妈妈化妆匣，

太阳拿起胭脂抹，

月亮抓起香粉擦，

抹呀抹，擦呀擦，

太阳抹成红脸蛋，

月亮擦成白脸马。

这首儿歌把太阳、月亮比喻为娃娃，他们打开妈妈的化妆盒，往自己的脸上涂抹：

太阳抹了胭脂变成红脸蛋,月亮抹了香粉变成白脸蛋。这首儿歌趣味性强,把儿童学妈妈化妆的模样表现得淋漓尽致,容易引起儿童共鸣。

爱玩是儿童的天性,儿童在玩耍中容易获得快乐,因此,儿歌要有童趣儿还应写出儿童好玩好动的天性,表现他们活泼好动的形象。

案例2-26

翻跟斗
张继楼

> 小妞妞,
> 围兜兜,
> 兜兜里头装豆豆,
> 吃了豆豆翻跟斗。
> 左边翻六个,
> 漏了九颗豆;
> 右边翻个九,
> 漏了六颗豆。
> 问你翻了几个大跟斗?
> 再问漏了几颗小豆豆?

这是一首集数字歌和绕口令为一体的新颖儿歌,用"妞、兜、豆、斗"形成音律,展示小妞妞翻跟斗的可爱情节,表现出儿童的憨态可掬,具有浓郁的童趣。

二、形式新颖多变

儿歌是一种文字最简练的文学作品,是人之初启蒙和文字教育的最好材料。千篇一律的形式容易乏味,新颖多变的儿歌才能引起儿童的注意,引发他们的阅读兴趣。

句式简单,韵律和谐。儿歌的主要念唱对象是儿童,为方便听唱,创作儿歌应句式简单,韵律和谐。句式应简单即用短句、浅语写作,韵律和谐即要求句尾押韵。儿歌追求自然的节奏和响亮的音韵,句式上以三言、五言、七言、杂言为多,韵脚以开口呼为多,有句句押韵、隔句押韵与变换韵脚等方式,首句可以押韵,也可以不押韵。

案例 2-27

生肖歌

任雅蝉

小老鼠，叽叽叽，

十二生肖排第一。

牛二虎三兔老四，

龙五蛇六马在七，

小羊小羊你别急，

排行老八就是你，

九小猴，十小鸡，

小狗汪汪排十一。

排行十二在哪里？

小猪倒数数第一。

　　这首儿歌几乎每句都是七个字，语言偏向于口语，"排第一""你别急""就是你" "在哪里" 等都为儿童所熟悉。节奏多为二二一二，韵脚押 y 韵，开口呼音节，句句押韵。浅显的语言把数字与十二生肖灵活结合，朗朗上口，易于传唱。

　　手法多样，布局多变。手法多样是指在儿歌中善用拟人、夸张、起兴、反复、设问、比喻、排比等修辞手法，使儿歌更生动形象。布局多变是指在排列上可依据儿歌内容采用不同的表现方式，其中整齐划一型与阶梯状最为常见。整齐划一型指儿歌排列比较规范，一般按左对齐形式排列，如前面列举的儿歌都属于这一类。阶梯状指儿歌排列像阶梯一样错落有致，引人遐想。

案例 2-28

我给小鸡起名字

任溶溶

一二三四五六七，

妈妈买了七只鸡。

我给小鸡起名字，

小一、

小二、

小三、

小四、

小五、

小六、

小七。

小鸡一下都走散，

一只东来一只西。

于是再也认不出，

谁是小七、

小六、

小五、

小四、

小三、

小二、

小一。

　　这首儿歌第一段的前三句属于整齐划一型，后七句属于阶梯状，就像小鸡跑开的样子，显得七零八落；第二段前四句属于整齐划一型，后七句属于阶梯状，形象表现儿童数小鸡的模样。在修辞上采用反复与排比手法，生动形象地展现儿童数小鸡的场景。这样错落有致的排列与儿歌的内容相呼应，有趣而生动，容易吸引儿童的注意力。

案例 2－29

滑滑梯
张光昌

滑滑梯，

真有趣，

一级级，

爬上去，

——我是登山运动员！

滑滑梯，

真有趣，

呼一下，

飞到底，

——我是滑雪运动员！

这首儿歌用阶梯状展示儿童滑滑梯的场景，两段末句的七字句就像儿童爬上滑梯的平台，再滑落下来，非常生动形象。在修辞上采用反复与夸张手法，表现儿童玩滑梯的快乐心情。

三、写作视角儿童化

儿童不识字，主要通过念唱学习儿歌，儿歌应从他们的视角出发，表现纯真、质朴的思想感情。成人是儿歌的主要创作者，应用儿童的眼光观察与感受生活，用儿童的口吻表达儿歌。

用儿童的眼光观察。清人吕近溪《小儿语》曰："儿之有知而能言也，皆有歌谣以遂其乐。一儿习之，可为诸儿流布。童时习之，可为终身体认。"说明儿歌对儿童成长的重要作用，只要儿童会说话，成人就教他儿歌，儿童在吟唱中体会儿歌的乐趣。一首儿歌孩子只要有念唱，其他孩子也很快跟着念唱。童年期学习的儿歌，一辈子都不会忘记。孩子喜欢念唱的儿歌都是从他们的视角出发，用他们能理解的语言写他们熟悉的事情。因此，成人创作儿歌应用儿童眼光观察，用儿童的心理和思维去理解、去表现。

案例 2–30

小猫的胡子

商殿举

我说小猫不像话，

生来就想当爸爸。

小猫扒我耳朵边，

跟我说个悄悄话：

没有胡子像小孩儿，

老鼠见了不害怕。

小猫是儿童熟悉的动物，在儿童眼中，只有爸爸这样的大人才长胡子，小猫为什么一出生就有胡子呢？儿童带着这个疑问找小猫，小猫说没有胡子老鼠不害怕。儿歌用儿童的眼光看待小猫长胡子的事情，形象表现儿童的好奇心理。而小猫的回答既在情理之中，又在意料之外。

案例 2 -31

蜗牛出门

张秋生

蜗牛出去串门子，
背着一间小房子，
雷声隆隆下大雨，
蜗牛拍拍小肚子：
"雨点来了我不怕，
我会躲进小屋子。"

蜗牛是儿童生活中常见的动物，儿歌用儿童眼光观察蜗牛串门遇雨，就像儿童一样，雨来了就跑回家，不同的是蜗牛壳就是它的家。儿歌形象生动，便于儿童理解。

用儿童的口吻表达。儿童具有泛灵的思想，在他们眼里，周围的事物都是有生命的，看到成人切菜，会说："刀在走路。"看到雨夜中手电筒的光，会说："光被淋湿了。"叶圣陶曾这样描述："我儿子三岁的时候，看见火焰腾跃，伸缩不止，喊道'这里好多手啊。'"可见，儿童语言是灵动的、充满生命力与艺术性的。创作儿歌应用拟人、比喻等手法，用儿童的口吻表达，才能为他们所接受。

案例 2 -32

小葫芦

徐焕云

小葫芦，
乐悠悠，
吹吹打打爬高楼。
攀竹竿，
踩墙头，
伸长脖子朝上钩。
爬呀爬，
钩呀钩，
算算还差一尺九。
风吹歪一歪，
雨打抖一抖，
葫芦不怕栽跟斗。

这首儿歌运用拟人与夸张的手法，用"吹、打、爬、攀、伸、钩、抖、栽"等动词，生动地描述了小葫芦努力向上攀爬的过程，形象表现不怕困难、乐观向上的精神。小葫芦就像一位坚强的孩子，在向上攀爬中"风吹歪一歪，雨打抖一抖"，浪漫的想象充满了人文性，切中儿童"泛灵化"的思维方式。短——短——长的句式，非常有利于儿童体验念唱儿歌的乐趣。

案例 2 –33

牵牛花

金波

野牵牛，爬高楼；

高楼高，爬树梢；

树梢长，爬东墙；

东墙滑，爬篱笆；

篱笆细，不敢爬；

躺在地上吹喇叭；

嘀嗒嘀嘀嗒！

嘀嗒嘀嘀嗒！

这是一首连锁调，用形容词"高、长、滑、细"表现高楼、树梢、东墙和篱笆的特征，描写牵牛花越爬越低的趣事。儿歌中的牵牛花像顽皮的小孩，担心摔下来而不敢爬上高处，只能躺在地上嘀嗒嘀嘀嗒。

◎ **知识回顾**

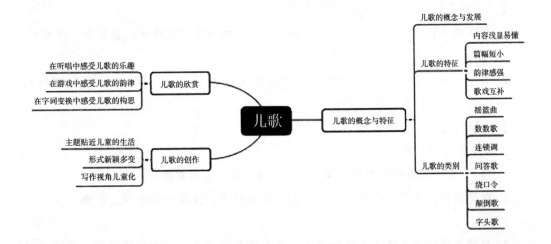

◎ **实践练习**

1. 如何欣赏儿歌？

2. 请以动植物或儿童生活为题材，创作一首儿歌，要求符合儿歌的特征。

3. 阅读下面的案例，模拟教学活动。

好孩子（大班）

张家有个小胖子，自己穿衣穿袜子，还给妹妹梳辫子。

李家有个小柱子，天天起来叠被子，打水扫地擦桌子。

王家有个小妮子，找个钉子小锤子，修好课桌小椅子。

周家有个小豆子，捡到一个皮夹子，还给后院大婶子。

小胖子，小柱子，小妮子，小豆子，他们都是好孩子。

【活动意图】

《好孩子》是一首子字歌，它突出的特点是每句最后一字相同，一韵到底，韵律感强。作者以极其浅白的语言，描绘了四个好孩子的形象，在行为规范上给儿童树立了良好的学习典范。本活动就围绕这一具体的文学作品展开一系列活动，重点在引导儿童充分感受歌谣的主题思想、语言内容、文本特点的基础上，学习朗诵和创编，并从押韵的节奏和生动有趣的内容中获得心理满足。

【活动目标】

1. 学习有节奏、有韵律地朗诵全文。

2. 知道子字歌。

3. 喜欢传统歌谣，乐意参与朗诵和仿编。

【活动准备】

1. 经验准备：儿童具有自理个人生活的经验，如会自己穿袜子、叠被子、梳头发、擦桌子等。

2. 物质准备：儿歌中有四个好孩子的图像（图像注"张、李、王、周"字样）；人手一件木竹类的打击乐器。

【活动过程】

一、初步感知儿歌

（一）首次欣赏教师的表情朗诵，初步感知儿歌的生动有趣

1. 教师提问：小朋友生活的周边，有很多好孩子，谁能告诉老师，好孩子是什么样子的？

2. 教师提问：老师想请小朋友欣赏一首与好孩子有关的、有趣的歌谣，猜猜歌谣

叫什么名字？哪儿有趣？

（1）教师提问：猜猜歌谣叫什么名字？听起来感觉怎么样？

（2）教师小结：这首歌谣叫《好孩子》，讲的都是好孩子做好事的事情。读起来很有节奏、很顺口，听起来很生动、很有趣。接下来再欣赏一遍，找找哪儿很有趣？

（二）再次欣赏教师的表情朗诵，初步感知子字歌的突出特点

1. 教师提问：谁能发现这首歌谣里有一个很有趣、很特别的地方？

2. 教师小结：这首歌谣最特别的地方就是每句最后一个字都是"子"字，所以也可说它是一首子字歌。

（三）第三次分段欣赏，教师边演示教具边朗诵歌谣，初步感知儿歌角色的内容

1. 教师提问：儿歌说到的四个好孩子分别是哪家的孩子？叫什么名字？做了什么好事？

2. 教师提问：为什么说他们是好孩子？

二、理解作品

（一）朗诵儿歌

1. 借助教具，分段跟念儿歌，并进行发准翘舌音的练习。

2. 完整跟念儿歌，可从出声到轻声再到稍微响亮地声音反复完整跟念。

（二）表演儿歌

1. 加入打击乐器，学习有节奏、有韵律、有表情地表演朗诵。

2. 儿童分成四组，扮演不同的角色，进行分角色的表演朗诵。

三、迁移作品经验

（一）专题讨论

教师提问：我要怎样做才是个好孩子？

（二）观察生活

引导儿童：寻找生活中好孩子的事迹。

（三）积累素材

引导儿童：把观察收集到的素材画下来。

四、创作性想象与讲述

仿编儿歌

1. 讨论与示范

（1）组织讨论：儿歌里的好孩子，除了自己可以穿衣、穿袜、叠被子，还可以自己做什么？儿歌里的好孩子，除了可以帮助小妹妹梳辫子，帮爸爸妈妈扫地、擦桌子，帮小伙伴修课桌椅，还可以帮他们做什么？

（2）教师示范：根据儿童讨论结果，选择一至两个内容示范仿编一至两段，帮助儿童将自己的想象纳入一定的语言框架之中。

2. 想象与仿编

（1）引导儿童借助自己观察收集到的绘画素材来仿编一个段落。

（2）取消绘画素材，要求儿童脱离教具去想象与仿编一个段落。

3. 串联和总结

（1）在儿童分别编出自己的儿歌段落后，教师帮助儿童选择四个具有代表性的段落，并加上原文的总结句成为一篇完整的歌谣。

（2）组织儿童有表情地朗诵自编的儿歌，鼓励儿童即兴加入打击乐器或动作，使儿童从押韵的节奏朗诵和生动有趣的仿编活动中获得身心满足。

第三章　儿童诗

◎ **学习目标**

◇ 认识儿童诗的概念与特征，知道儿童诗的类别。

◇ 学会欣赏儿童诗，能创编简单的儿童诗。

◇ 阅读儿童诗，感受儿童诗的美。

◎ **问题导入**

春天

谢武彰

风跑得直喘气，

向大家报告好消息。

春天来了，春天来了，

花朵站在枝头上，

看不见春天，

就踮起脚尖，急着找。

春天，在哪里？

春天在哪里？

花，不知道自己就是，

春天！

问题：

1. 这首儿童诗有什么特点？

2. 如何引导儿童学习这首诗歌？

第一节　儿童诗概述

一、儿童诗的概念与发展

儿童文学家蒋风说："写诗的孩子最聪明，提高学生的语文素养，让孩子从小就跟诗交朋友是一种很好的方法。因为孩子和诗交朋友就能使他们拥有一双善于发现美的眼睛，就能让孩子拥有一对想象的翅膀，就能帮助他们提高思考的能力，从而从小培养学生的创造力。"由此可知，诗歌能帮助孩子发现美，能培养孩子的想象力与创造力。那么，什么是儿童诗呢？儿童诗就是适合儿童听赏吟唱的诗歌，它有三方面的涵义：首先要切合儿童的心理，即具有较强的儿童情趣；其次要适合儿童听赏吟唱，即语言浅显易懂；再次，儿童诗的篇幅以短小为宜，不讲究严格的韵律。

古代没有专门为儿童创作的诗歌，但并非没有儿童诗。人们从成人诗歌中挑选一些浅显易懂的诗歌供儿童念诵，这些诗歌就成为古典意义上的儿童诗。例如白居易的《赋得古草原送别》、李白的《静夜思》、李绅的《悯农》《锄禾》、杜牧的《清明》，骆宾王的《咏鹅》等。中国真正为儿童创作的诗歌始于 19 世纪中叶，一些文化名人如胡适、叶圣陶、郑振铎、俞平伯、刘半农、冰心等都创作过儿童诗。20 世纪八九十年代，儿童诗蓬勃发展，上海的《小朋友》《儿童朝代》《巨人》、北京的《儿童文学》《东方少年》等都发表了许多优秀的儿童诗。现代著名的儿童文学家如冰波、圣野、林良、高洪波、郭风、张秋生、林焕彰、林武宪等创作的儿童诗更是受孩子们喜爱。

二、儿童诗的特征

诗歌作为吟咏性情的文学，抒情是其有别于其他文学的特点，儿童诗也一样，主要抒发儿童自然率真的情感。儿童诗的接受对象是学龄前儿童，具有与其他诗歌不一样的特征。

（一）生动鲜明的形象

儿童的思维是具体形象的，通过具体可感的形象引发思考。诗歌是抒情的艺术，为了帮助儿童的理解，儿童诗应蕴含鲜明生动的形象，通过声音、色彩、动作等表现诗歌的情感，儿童借助视、听、触、嗅等感觉学习诗歌，体验诗情。

案例 3－1

阳光
林武宪

阳光，在窗上爬着；
阳光，在花上笑着；
阳光，在溪上流着；
阳光，在妈妈的眼里亮着。

这是一首描写朝阳的儿童诗，初升的朝阳就像调皮的小孩，在窗台上"爬着"，在花上"笑着"，在溪上"流着"，在妈妈的眼里"亮着"，抒发了对朝阳的喜爱之情。这首儿童诗通过视觉与触觉，运用"爬""笑"等动词，生动描绘出一个可爱的阳光娃娃形象，便于儿童理解。

案例 3－2

蝴蝶花
张秋生

一只小小的花蝴蝶，
自由自在地飞翔。
她飞过花园，
有一棵小草哭得很悲伤。
小草说："我没有花朵，
日子过得真孤单！"
说着，眼泪掉在了泥土上。

花蝴蝶往草尖上一站，说：
"让我来陪伴你，
日夜留在你的身旁！"
人们经过花园，惊奇地说：
"啊，多么美丽的蝴蝶花！"
阳光下，
小草乐得轻轻地歌唱……

这是一首意境优美的儿童诗。诗歌采用叙事的方式讲述了蝴蝶帮助小草变成蝴蝶花的故事。小草就像遇到困难的儿童，不知所措，难过得掉眼泪。蝴蝶则像勇敢的儿童，帮助小草解决难题。寥寥数语就刻画了一个多愁善感的小草形象和一个乐于助人的蝴蝶形象，有助于儿童理解诗歌的情感。

案例 3 - 3

爸爸的鼾声
金波

爸爸的鼾声
就像是山上的小火车
它使我想起
美丽的森林
爸爸的鼾声
总是断断续续的
使我担心火车会出了轨
咦
爸爸的鼾声停了
是不是火车到站了

这首诗歌生动描述一位看爸爸睡觉的儿童形象，表现他爱爸爸的感情。爸爸睡着了，鼾声很大，就像山上的小火车。过了一会儿，发现爸爸的鼾声断断续续，儿童非常担心，会不会像"火车出轨"那样让人害怕？最后鼾声停了，爸爸也醒了，就像"火车到站了"。通过比喻的手法，生动展示儿童的心理过程，流露出对爸爸浓浓的爱。

（二）率真自然的情感

英国诗人华兹华斯说："所有的好诗都是从强烈的感情中自然而然溢出来的。"情感，是诗歌的艺术生命。儿童诗情感的抒发一般通过简单的故事情节，采用叙事的手法让儿童在听赏中体会健康、自然、率真的情感，让儿童在潜移默化中感受情感熏陶。

案例 3 - 4

捉迷藏
圣野

小妹妹跟风
捉迷藏。

小妹妹问风：

藏好了没有？

呆了好一会，

没有听风说话儿。

小妹妹就从墙角后

跳出来找风，

找来找去找不到。

忽然"嘻"的一声，

风在一棵树上笑起来了。

有一张树叶子没站稳，

给风一笑，

掉下来了。

小妹妹连忙跳过去，

把叶子捉住，问它：

风呢？

叶子红着脸孔说：

我也不知道！

这首儿童诗通过捉风叙述了小妹妹与风捉迷藏的过程，把小妹妹找、风儿藏的情形呈眼于眼前，充满浓郁的生活气息。整首诗的情感蕴藏在儿童熟悉的捉迷藏游戏中，引导儿童认识"风"是捉不到、摸不着、看不见的自然现象，运用"听""找""笑""跳""掉"等动词表现小妹妹与风捉迷藏的情形，表现儿童在玩耍中的欢快心情，自然率真、真实可感。

案例 3 – 5

晨光

金波

晨光叫醒了风，

风叫醒了树，

树叫醒了鸟，

鸟叫醒了云。

云变成了雨，

雨落进了大海，

大海变蓝了，

洗亮了太阳。

太阳睁开明亮的眼睛，

望着树，望着花，望着鸟，

到处花花绿绿，

到处热热闹闹。

这首儿童诗采用顶针手法，描写了一个春日下雨的早晨，赋予晨光、风、树、鸟、云、雨、大海、太阳以生命，就像一起玩耍的小伙伴，一个拉着一个。眼前展示一幅画：风摇着树，鸟儿惊飞，云朵密集，下雨了，雨点落进大海。不一会雨停了，太阳冉冉升起，绿树花红、鸟儿纷飞，一派热闹。这首诗用儿童的眼光看春日，容易引起共鸣，激发他们对大自然的热爱之情，情感简单自然。

（三）童趣盎然的意境

意境是指文艺作品中描绘的生活图景与所表现的思想情感融为一体而形成的艺术境界，特点是景中有情，情中有景，情景交融。吸引儿童的诗歌往往需要调动视觉、听觉、触觉、嗅觉等感官创造氛围，创造吸引儿童的意境，使他们有身临其境之感。方便儿童理解诗歌内容，培养他们的艺术美感。

案例 3 - 6

声音
汤素兰

你听，风儿在吹动树叶，

沙沙沙沙；

你听，鸟儿在放声鸣叫，

啾啾，啾啾；

你听，泉水在欢快跳跃，

叮咚叮咚；

你听，海浪在轻拍沙滩，

哗啦，哗啦

……

世界上有千万种声音，

最美妙的，

还是妈妈的叮咛。

这首诗营造了四个意境：风吹树叶、鸟鸣啾啾、泉水叮咚、海浪拍沙滩。儿童仿佛置身于这些情境之中，感受大自然美妙的声音，体会自然之美。最后却笔锋一转，写出世界上最美妙的声音还是妈妈的叮咛，使儿童从想象转到现实，想到妈妈对自己的照顾，表现妈妈对孩子无私的爱。

案例 3 –7

秋风娃娃

王宜振

秋风娃娃可真够淘气，

悄悄地钻进小树林里。

它跟那绿叶一亲嘴，

那绿叶儿变了，

变成一枚枚金币。

它把那金币摇落一地，

然后又轻轻地把它抛起；

瞧，满天飞起了金色的蝴蝶，

一只、一只，

多么美丽！

这首诗营造了秋风吹落叶的意境：把秋风比喻成顽皮的娃娃，"悄悄钻进树林里"，顽皮地与绿叶"亲嘴"，把绿叶变成"金币"，再把金币"摇落""抛起"，满天飞起了金色的蝴蝶。这是一幅多么美丽的情景，把孩子顽皮淘气、天真烂漫的形象和大自然的美景融合在一起，构思巧妙，富有童趣。

二、儿童诗的类别

儿童诗的分类是相对的，不同的分类标准有不同的类别。按表达方式分，儿童诗可分为抒情诗和叙事诗；按表现形式分，儿童诗可分为古典诗、自由诗、散文诗；按题材分，儿童诗可分为生活诗、童话诗和科学诗。

（一）生活诗

生活诗就是指发生在儿童生活中的诗歌，主要表现儿童生活故事与生活情趣。儿童年龄小，以自我为中心，常常混淆生活与幻想的界限。对儿童而言，生活就是玩耍，其纯真、稚拙的表现使生活变得诗意十足，充满童趣。

案例 3 – 8

拖地板

林焕彰

帮妈妈洗地板，
是我们最高兴的事；
姐姐洒水，
我在洒过水的地板上玩儿，
像在沙滩上走过来走过去，
留下很多脚印，
像留下很多鱼。
然后，我很起劲地拖地板；
从头到尾，
像捕鱼一样，
一网打尽。

拖地板是儿童生活中的常见现象，这首诗描写儿童帮妈妈拖地板的乐趣：姐姐洒水，儿童在洒过水的地板上玩儿，就像在沙滩上走来走去，留下很多脚印和很多鱼。然后，儿童很起劲地拖地板，就像捕鱼一样，一网打尽。在儿童眼里拖地板就像玩儿一样，在水里滑来滑去，或者像成人一样拖地板，有趣又好玩。

（二）童话诗

童话诗是童话和诗的结合，它把童话的幻想、夸张等要素与诗歌的抒情联系在一起，以诗歌形式描绘一个童话故事，浪漫又有趣，深受儿童喜欢。

案例 3 – 9

过桥

野军

小马猴，扭了脚，
一拐一拐去学校。
下了山坡走小桥，
一步一步心直跳。
小刺猬，小灰兔，

跟在后面哇哇叫：
"小猴小猴快快走，
我们上学要迟到！"

小桥窄，没法让，
小猴急得心发慌。
赶紧趴在小桥上，
先让他俩踩着过。
刺猬灰兔刚过桥，
又见走来小山羊。
小猴连忙再趴下，
招呼山羊身上过。
小山羊，把头摇，
蹲下双腿眯眯笑：
"小猴小猴别这样，
快快骑在我身上。"
小山羊驮着小马猴，
稳稳当当过小桥。
河水哗哗笑着喊：
"快给它俩拍个照！"

过了桥，不停留，
一路小跑进学校。
老师同学夸山羊，
刺猬灰兔脸红啦！

　　这首诗把小猴、刺猬、灰兔与小山羊比拟为上学的儿童，描写上学路上发生的故事：刺猬灰兔急着上学，不管小马猴脚受伤，踩在小马猴身上过了桥。小山羊却让小马猴骑在身上，背着小马猴过了桥。老师同学夸奖山羊助人为乐，刺猬灰兔羞愧红了脸。这首童话诗丰富儿童幻想的同时，又给儿童以启迪：当别人遇到困难时应该想办法帮助他。

　　（三）科学诗
　　科学诗大多以自然为对象，描写自然规律与科学现象的诗歌，帮助儿童了解简单的自然规律，培养科学探索精神。

案例 3 –10

雪的话
蓝天

"吱嘎吱嘎……"
"吱嘎吱嘎……"
你听——
雪在说话。
雪在说些啥呢?

细听听,
原来,雪在请求:
小朋友慢点走,
把你的小脚印留给我一行吧!
我是冬孩子,
等到春天来了,
我好踩着你的小脚印回家。

"吱嘎吱嘎……"
"吱嘎吱嘎……"
你听——
雪在说话。

这首诗蕴含着一个简单的自然规律:冬去春来。诗歌把雪比喻为冬孩子,吱嘎吱嘎地请小朋友慢点走,在雪地上留下清晰的脚印,等来年春天他能踩着小脚印回家。儿童从这首诗中认识了季节变换的规律,培养了探索精神。

第二节　儿童诗的欣赏

儿童诗以纯真的眼光和新奇的想象把生活童心化和诗意化,欣赏儿童诗应理解诗歌的意蕴、体验诗歌的情感与感受诗歌语言的音乐性。

一、在听诵中理解诗歌的意蕴

鲁迅先生说："诗歌虽有眼看的和嘴唱的两种，也究以后一种为好"，儿童诗属于"嘴唱"型，这样的特质决定其欣赏方法必然以听诵为主。引导儿童欣赏诗歌应在听诵中理解诗意，首先，用富于感染力的念诵激发儿童听诵兴趣，可采用播放音（视）频或老师示范诵读的形式，使儿童在听赏中初步了解诗歌内容。其次，通过图谱或视频展示诗歌的意境，引导儿童进一步理解诗歌内容，明确诗歌意蕴。

案例 3 – 11

怎么办
方素珍

小虫写信给蚂蚁，
他在叶子上
咬了三个洞，
表示：我想你。
蚂蚁收到他的信，
也在叶子上
咬了三个洞，
表示：看不懂。
小虫不知道蚂蚁的意思，
蚂蚁不知道虫的念想，
怎么办呢？

这首诗描写小虫写信和小蚂蚁回信的情景，表现小虫和小蚂蚁之间的纯真友情。在引导儿童欣赏这首诗时先播放录音或示范诵读，使儿童在听赏中初步了解诗歌内容。然后通过图谱或视频表现意境：小虫在树叶上咬洞、小蚂蚁在树叶上咬洞、小虫和小蚂蚁之间隔着一个问号。教师边指着图谱边念诵诗歌，儿童也跟着老师一起念诵。教师多次指导念诵后，儿童基本就能理解诗歌意蕴。

二、在游戏中体验诗歌的情感

诗歌是抒情的艺术，儿童诗也不例外。它通过一个个鲜活生动的意象，抒发真挚的情感。儿童诗的欣赏是通过意象展开的，可引导儿童扮演各种诗歌意象，并根据诗歌内容表现意象的各种行为。儿童思维是具象的，表现意象的行为可让他们在游戏中体验诗情。

案例 3 – 12

树阿姨染发

伊水

树阿姨很喜欢染发，
不染发她就浑身难受。
她请春姑娘把她的头发染成嫩绿色，
请夏叔叔把她的头发染成深绿色，
请秋姑娘把她的头发染成金黄色，
也许老是染发的缘故，
到了冬天，
树阿姨的头发掉光啦！
为了遮丑，
她就用雪缝了一顶白帽子，
小心翼翼地戴在头上。

这是一首科学诗，表现四交替中树发生的变化。在这首诗歌中，意象较多，有"树阿姨""春姑娘""夏叔叔""秋姑娘""头发""白帽子"，等等。为了引导儿童认识四季交替，体会树木变化的过程，教师可把儿童分为几个小组，分别扮演"树阿姨""春姑娘""夏叔叔""秋姑娘"等意象，准备嫩绿色、深绿色、金黄色与白色帽子，边念诵边表演。儿童在表演游戏中加深了对"树阿姨"的理解，体会不同季节中"树阿姨"的心情，从而理解诗意。

三、在念诵中品味诗歌的语言

儿童诗是自由体诗，它的语言就像流动的音符，具有较强的音乐性。法国文论家达维德·方丹曾这样描述诗歌的语言构造："为使自己成为一体，诗歌语言应是一段重新组合起来的交响乐，是一个由恰当的比喻组成的符号体系，是在语言的启发下融进洪亮高亢的乐队里的一段音质清晰而易懂的音乐。"台湾地区儿童文学家林文宝在《儿童诗歌研究》中也说：儿童诗的特质就是音乐性。儿童诗的音乐性多以叠音词、象声词，以及反复的手法，达到曲折起伏、回环往复的音乐效果，使诗歌像一首流淌的乐章，委婉动人。欣赏儿童诗时，可通过念诵来品味诗歌语言的音乐性，让儿童体会诗歌语言的艺术魅力。

案例 3－13

春雨
刘饶民

滴答，滴答
下小雨啦……
种子说：
"下吧，下吧，
我要发芽。"
梨树说：
"下吧，下吧，
我要开花。"
麦苗说：
"下吧，下吧，
我要长大。"
小朋友说：
"下吧，下吧，
我要种花。"
滴答，滴答，
下小雨啦……

这首诗采用拟人化手法表现种子、梨树、麦苗对下小雨的欢快心情，其音乐性主要体现在反复手法写作的"下吧，下吧，我要……"这个句式，以及象声词"滴答，滴答"中。语言重复且富于节奏，读来朗朗上口。在欣赏这首诗歌时，可引导儿童跟着念诵，当念唱"滴答滴答"与"下吧，下吧，我要……"时，故意提高声音，让儿童品味诗歌语言的回环往复，深刻体会其中的意境。

第三节　儿童诗的创作

臧克家说："给孩子们写诗，诗人自己要有一颗'赤子之心'"。这说明儿童诗的创作应尽可能接近儿童生活，细心观察、体会儿童真挚、纯洁与美好的情感，以儿童能理解的方式表述出来。

一、塑造具体可感的形象

儿童思维是具体形象的，他们认识世界、接受事物都是通过具体可感的场景展开的，创作儿童诗歌应与儿童的思维特点相吻合，利用各种方法塑造具体可感的形象，容易引起儿童的共鸣。

运用修辞，化静态为动态。儿童不识字或识字很少，不具备自我阅读诗歌的能力，主要通过听唱来欣赏诗歌。而诗歌是抒情的艺术，情感又是不可捉摸的，运用修辞可使情感修辞由抽象化为具体，把想象变为具象，从而构成生动的场面和有趣的场景，使儿童产生身临其境之感。

案例 3 – 14

有雨

韦苇

有雨，我家门前的小河，就欢欢地笑了。

有雨，我家院子的树，就一棵棵都胖了。

有雨，我家后面的山，就不老了。

有雨，我们，就变成花蘑菇了。

这首诗采用拟人、排比与比喻，描写"有雨"，我家的"门前的小河""院子的树""后面的山""我们"就变成各种各样有趣的生物，抒发对雨的喜爱之情。对儿童而言，"喜爱"是一种什么样的情感？很难用语言来表达，但这首诗却通过拟人与比喻，用"有雨"能让小河"笑"、让树"胖"、让山"不老"，还能让我们变成"花蘑菇"，这些都是儿童生活接触过的鲜活形象，对喜爱的理解就非常简单：喜爱就是让周围的人都高兴。把抽象的说教变成熟悉的场景，理解起来就容易多了。

恰当运用动词、颜色词或拟声词。儿童年龄小，他们主要通过视觉、触觉、听觉与嗅觉等感觉来认识周围的世界，诗歌中恰当运用动词、颜色词或拟声词，能激发儿童运用各种感觉，理解诗歌的场景。

案例 3-15

雷公公和啄木鸟
圣野

我装雷公公，
轰轰轰！
去敲奶奶的门，
敲了老半天，
敲得越是响呀，
里面越是没有声音。

我做啄木鸟，
笃笃笃，
请奶奶给我开开门，
奶奶奔出来，
像闪电一样，
欢欢喜喜接小孙。

奶奶，奶奶，
雷公公声音大，
为什么听不见？
啄木鸟声音小，
为啥倒听得见？

奶奶告诉我，
当我像小强盗的时候，
她的耳朵就聋了；
当我像小客人的时候，
她的耳朵就不聋了。

　　讲礼貌是儿童应该具备的品质，以说教的形式让儿童讲礼貌，很难收到良好的效果。这首诗独辟蹊径，把修辞与拟声词相结合，以诗歌的形式生动表现奶奶对我的教育："我"装雷公公轰轰轰敲门时，奶奶不给我开门；"我"装啄木鸟笃笃笃敲门时，奶奶就奔出来开门。从而让"我"知道：敲门要有礼貌，不能像小强盗一样让人讨厌，而应像小客人一样让人喜欢。在这首儿童诗中，拟声词"轰轰轰"与"笃笃笃"让儿童理解了不同的敲门方式，奶奶"奔""欢欢喜喜"形象地表现奶奶开门的急切心情，引发儿童思考：要像啄木鸟一样敲门才受欢迎，生动展示了一个讲礼貌的小朋友形象，引发儿童共鸣。

二、抒发纯真质朴的情感

"诗言情，歌言志"，儿童诗作为诗歌中特殊的类别，与其他诗歌一样以表情达意为主，但对儿童来说，"情"是什么？他们并不了解。因此，在创作儿童诗时，应注意情感表达的技巧，表现纯真质朴的情感。

借物抒情。借物抒情是指以描绘形象为主，让情感从形象中自然流露出来的表达方式。儿童具象思维方式要求诗歌情感的表现必须借助于具体可感的场景，拉近与儿童的距离，使儿童产生认同感，理解诗歌所表现的真挚之情。

案例 3 – 16

春天
鲁兵

春雷对柳树说话了，
说着说着，
小柳树呀，醒了。

春雨给柳树洗澡了，
洗着洗着，
小柳枝哟，软了。

春风帮柳树梳头了，
梳着梳着，
小柳梢呵，绿了。

春燕和柳树捉迷藏了，
藏着藏着，
小柳絮儿，飞了。

春天陪柳树旅游去了，
走着走着，
泥土里的种子，动了……

这首诗抒发了对春天到来的喜爱之情，这种喜爱之情寄托在柳树的变化当中："春雷唤醒了柳树，春雨柔软了枝条，春风吹绿了柳梢，春燕带走了柳絮"，春天来了，到处生气勃勃，这是多么让人喜爱的美景呀。诗歌采用拟人手法，让儿童仿佛看到春天与柳树的对话，符合儿童万物有灵的观念，体会春天生机盎然的美景。

直抒胸臆。直抒胸臆指情感的抒发不借助于景，也不寓情于景或情景交融，而是语言通过分割，直接与情感联系起来，使人感受到那炽热的情感是从字里行间喷射出来的表达方式。对儿童来说，直截了当的表现方式是最容易被他们所理解的，诗歌情感的抒发也是如此。与成人诗歌不同，儿童诗更多的是通过动作表现情感，这样容易引起儿童的共鸣。

案例 3-17

妈妈的吻

牟心海

妈妈的吻
是一罐蜜糖
轻轻地
洒在我的脸上

妈妈的吻
是一腔欢畅
轻轻地
印在我的额上

妈妈的吻
是一束阳光
轻轻地
照在我的的心上

妈妈的吻
是一声呼唤
轻轻地
叫我快快长大

"吻"是妈妈和宝宝表达爱的常见形式，是一种质朴之爱。这首诗把妈妈的吻比喻为蜜糖、欢畅、阳光与呼唤，调动儿童的生活经验感受妈妈的爱。通过动词"洒、印、照、叫"等，生动表现妈妈对宝宝浓浓的爱意，这份爱浓缩在诗末"叫我快快长大"的质朴诗句中，容易引起儿童共鸣。

三、运用浅显易懂的语言

与儿歌相比，儿童诗的语言在韵律上属于自由体，虽不如儿歌的半格律化要求严格，但也遵循诗歌语言的普遍规律：合辙押韵、朗朗上口，具有音乐美。儿童诗偏重情趣，易于儿童理解，语言运用上应浅显易懂。

语言明白晓畅。儿童文学是听赏的文学，儿童诗应符合儿童"快乐""好玩"的游戏精神，明白晓畅的语言是儿童理解诗歌的前提。儿童只有理解诗歌，才可能听得快乐、唱出诗情。语言明白晓畅应根据儿童的理解能力，运用生活化的语言，如叠词、形容词、动词与短句等，方便儿童理解。

案例 3－18

花和叶
陈官煊

花儿，叶儿，
你们是好朋友吗？
你们一起跳舞；
哗哗，哗哗；
你们一起唱歌，
沙沙，沙沙。

你们的颜色不同，
个儿也不一般大，
为啥你们在一起，
总是亲亲热热，
从不吵架？

这是一首独白式的儿童诗，采用第二人称以拟人化手法向花儿和叶儿发问，仿佛看到一个儿童蹲在花前与它对话。语句采用自问自答的短句，用拟声词"哗哗、沙沙"表现花儿与叶儿唱歌、跳舞的情形，用叠词"亲亲热热"表现花儿与叶儿的相依相偎。"好朋友"一般大""一起""不吵架"等生活化语言，符合儿童听讲习惯，儿童容易理解。

语言富于童趣。童趣是儿童特有的生活乐趣，儿童年龄小，喜欢好玩有趣的事物。诗歌要引起儿童的听赏兴趣，富于童趣的语言必不可少，这不仅能营造轻松的氛围，还可形成幽默的格调，使儿童在听赏中产生会心的微笑。富于童趣的语言主要表现为"小大人"的口吻与幼稚可爱的行为特征。

案例 3 – 19

长大的标志
薛卫民

如今我已是个大孩子，
大孩子有大孩子的标志——

邻居阿姨不再叫唤我"宝宝"，
开始改口叫我的名字。

妈妈放心地让我自己看家，
交给我一把开门的钥匙。

爸爸郑重地
把我介绍给客人：
"喏，这是我的儿子！"

"长大"是每个孩子的梦想，长大的标志是什么呢？对儿童来说，长大的标志是成人对自己态度的变化。这首儿童诗以第一人称的口吻，描述儿童长大后成人对自己的态度：邻居阿姨开始改口叫我的名字，妈妈交给我一把开门的钥匙，最重要的是爸爸把我介绍给客人了。这些看似平常的事情，在儿童看来都是长大的标志。这首诗最吸引儿童的地方在于"我"得意扬扬的叙述，享受着长大后受到成人的平等对待，颇有几分幽默。

◎ **知识回顾**

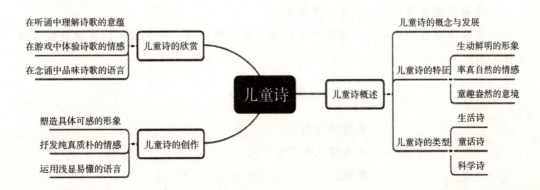

◎ 实践练习

1. 阅读下面两首诗歌，说说儿童诗与儿歌的区别。

读书乐

一本书，两扇门，
里头藏着小小人。
小小人，故事多，
讲了一个又一个。
又好看，又好听，
多读好书变聪明。
爸爸妈妈也来看，
还请我当小先生。

图画书和它的插图

夏日的田野，
一本七彩斑斓的图画书。
飞翔的小鸟们，
从容地读着，
一遍又一遍。

看，那两只小鸟，
被那动人的情节吸引。
呆呆地站着，
成了书中最美的插图。

2. 选取儿童生活片段，创作一首儿童诗。

3. 阅读下面的活动案例，说说如何引导儿童欣赏诗歌，并根据案例步骤模拟活动过程。

我是三军总司令

鸟妈妈问我，
小鸟哪儿去了？
我说：
小鸟做了我的飞机。

龟妈妈问我，

小龟哪儿去了？

我说：

小龟做了我的坦克。

鱼妈妈问我，

小鱼哪儿去了？

我说：

小鱼做了我的军舰。

三位妈妈一齐问我：

你是谁？

我说：我是陆海空三军总司令。

【活动意图】

选取这首儿童诗可以满足儿童学习模仿解放军的愿望和需要，有助于儿童增长军事知识，培养他们热爱解放军和勇敢大胆的精神。引导儿童欣赏诗歌的手段很多，本活动要求儿童通过朗诵、表演、仿编等达到理解和运用文学语言的目的。

【活动目标】

1. 学会用富有感情的语调朗诵诗歌，感受诗歌的情趣。

2. 能用适当的表情和动作，表达对诗歌的理解。

3. 初步了解诗歌的句式特点，学习利用象征物仿编诗歌。

【活动准备】

1. 儿童事先看过有关军事武器装备、兵种等方面的录像带，对相关的军事知识有一定的了解。

2. 象征图片，如蜻蜓——直升机，大象——消防队，蝙蝠——降落伞等。

【活动过程】

1. 学习诗歌

（1）教师用有韵律和激情的语调朗诵诗歌，激发学习兴趣

（2）用幻灯片播放诗歌，知道诗歌说了些什么

（3）组织讨论：为什么把小鸟当作飞机，把小龟当作坦克，把小鱼当作军舰

2. 理解和体验诗歌

（1）教师朗诵诗歌，加深理解

（2）角色扮演

把全班孩子按角色扮演，部分孩子做"司令"，部分孩子做鸟妈妈、龟妈妈和鱼妈妈。教师与执掌"司令"的孩子一起说："鸟妈妈问我"，鸟妈妈的扮演者说："小鸟飞去哪儿了？"扮演司令的孩子又说："我说，小鸟做了我的飞机……"

表演过程中，教师注意指导孩子做出相应的动作，如鸟妈妈飞过去询问，"司令"边做飞行动作边回答。

3. 迁移经验

鼓励孩子大胆想象，用他们熟悉的小动物象征军队。可提出以下问题让孩子讨论：除了小鸟能当飞机、小龟能当坦克、小鱼能当军舰外，还有哪些小动物可以当飞机、坦克和军舰呢？如果你是三军总司令，你愿意什么当你的武器呢？

4. 仿编诗歌

（1）教师出示图片进行象征物揭示及仿编诗歌的示范

教师可提出许多军事象征物，用图片表示出来，如蜻蜓——直升机，大象——消防车，蝙蝠——降落伞。然后选择其一编出诗歌："蜻蜓妈妈问我，小蜻蜓哪儿去了？我说：小蜻蜓做了我的直升机。"

（2）利用图片上的象征物试编诗歌

例：象妈妈问我，小象哪儿去了？我说：小象做了我的消防车。

（3）将想象的军事象征物按照诗歌的结构仿编出来

公鸡——号手　小狗——军犬　长颈鹿——云梯　啄木鸟——侦察员

【活动建议】

在军事游戏活动中提供机会，帮助孩子巩固对解放军三军兵种的名称和常用武器的认识。

第四章　童话

◎ 学习目标

◇ 认识童话的概念与特征，知道童话的类别。

◇ 学会欣赏童话，能创编简单的童话。

◇ 阅读童话，感受童话的乐趣。

◎ 问题导入

小巫婆的大扫帚

武安林

小巫婆有一把神奇的大扫帚。

一天，小巫婆想去外面玩，她就跨上了自己的大扫帚。呼——呼——呼——，小巫婆的耳边阵阵风响，大扫帚飞得可真快呀。不一会儿，小巫婆就从几个城市、几个村庄的上空飞过去。

小巫婆飞到一座光秃秃的小山丘上了。小巫婆说："哎呀，这里多难看呀！没有花，也没有草；没有树，也没有小鸟。"

大扫帚突然会说话了："小巫婆，你只要拔下一些我的头发插在土里，这里就会变样的。"

小巫婆很惊奇。她折下一根枝子插在地上，哈，变成了一棵小树！再折一根，哈，变成了一大片青草！又折一根，青草地上开满了各种小花！小巫婆插呀插呀，那个光秃秃的山丘不见了，她的眼前是一片绿色的海洋。

天快黑了，小巫婆想回家了。可是，她怎么也飞不快。小巫婆着急地说："大扫帚，快点儿飞呀！"大扫帚："你把我的头发都快拔光了，你知道吗，那是我的翅膀呀，我飞不快了。"

小巫婆知道，就对大扫帚说："哦，对不起，是我折了你的翅膀，回去，我再给你加上更多的翅膀。"

夜很深的时候，小巫婆才回到家，很快就给大扫帚插上了更多的翅膀。

问题：

1. 如果有魔法你想干什么？

2. 读了这篇童话你有什么感受？

第一节 童话概述

一、童话的概念与发展

童话是一种古老的文体，起源于民间，与神话、传说共存。周作人在《童话略论》中阐述童话的来源时说："童话本质与神话、世说实为一体。上古之时，宗教初萌，民皆拜物，其教以为天下万物各有生气，故天神地祇，物魅人鬼，皆有定作，不异生人，本其时之信仰，演为故事，而神话兴焉。其次亦述神人之物，为众所信，但尊而不威，敬而不畏者，则为世说。童话者，与此同物，但意主传奇，其时代人地皆无定名，以娱乐为主。是其区别。盖约信之，神话者原人之宗教，而童话则其文学也。"周作人论述了神话、传说与童话的区别：上古时候人们认为世间万物皆有神灵，他们具有超人的能力，受到人们膜拜，神话由此而产生。另外，有些神人结合的人，也受世人尊敬，传说由此产生。童话则是人们创造的一种虚构故事，是为娱乐而产生的。因此，根据以上分析，再结合儿童文学对象的特殊性，我们认为童话是指容易为儿童所接受与理解的幻想故事。

童话是一种极其丰富的文化宝藏。童话从民间童话到创作童话，经历了一个长期的发展过程。1697 年法国夏尔·贝洛的《鹅妈妈的故事》是世界上最早的童话集。19世纪初德国格林兄弟搜集整理的《格林童话》享誉世界。丹麦作家安徒生从民间童话中吸收营养，走上独立创作的道路，他的《讲给孩子们听的故事》《新童话》《新童话与故事》标志着文学童话的诞生。20 世纪随着人们对儿童认识的深入，童话的发展更加繁荣。英国特拉弗斯的《随风而至的玛丽·波平斯阿姨》、瑞典塞"给尔玛·拉格洛芙的《尼尔斯骑鹅旅行记》、意大利罗大里的《洋葱头历险记》等童话都具有世界影响力。

中国的创作童话起步较晚，五四运动时期才逐渐形成气候。1923 年叶圣陶的《稻草人》是中国第一部创作童话集，被鲁迅誉为"给中国的童话开了一条自己创作的路"，为我国现代童话创作奠定了基础。20 世纪 30 年代，张天翼的《大林和小林》堪称中国童话的经典。20 世纪 50 年代，洪汛涛的《神笔马良》、任溶溶的《没头脑与不高兴》、孙幼军的《小布头奇遇记》等，成为童话名篇。21 世纪，中国童话获得长足发展，郑渊洁、周锐、郑春华、汤素兰等引领现代童话潮流，他们以不同风格诠释着童话幻想的奇特与怪诞，使童话创作进入一个新时期。

二、童话的特征

著名儿童文学作家蒋风说："从古到今的童话都借助于'幻想'，把许许多多平凡的、习见的人、物、现象错综纺织成一幅不平常的图景，在读者面前展开一个'幻想世界'，那些假想的人物就在这个超越时间和空间的限制，亦虚亦实、似真犹幻的奇境中自由自在地活动。……童话作者不是按生活的本来样式反映现实本质的，而是将现实的本质加以高度集中概括，抽出它的基本思想，体现在一个神奇的幻想世界之中，把许多不平凡的奇异的图景，展现在读者面前。"可见，幻想是童话的基本特征，儿童天马行空的想象使他们希望看到荒诞虚无的事物，表现童话特有的意境。

1. 拟人化的形象

拟人也称人格化，是指人类以外的有形或无形、具体或抽象的客观存在及主观意识，被赋予人的思想、情感和言行能力。儿童文学家陈伯吹《童话创造的继承与创新》提出："为了把幻想故事的主要物质材料，通过幻想和联想，转化为作品形象，以特殊的形式来反映生活，就得把它们'人格化'起来，于是，'拟人法'就成为童话创作中艺术手法的宠儿了。"受泛灵论思想的影响，儿童认为周围事物都是有生命的，所以在听赏童话时最关注人物形象，"他是什么变的?""他长什么样?""他去哪了?""他做了什么事?"这是他们问得最多的问题。因此，为了满足儿童的听赏要求，童话常常以拟人化的形象表现故事。

让动植物开口说话是最常见的拟人手法，这种方式在童话中数不胜数。一般情况下，童话中的拟人化形象，是物性与人性的统一，即拟人化的形象具有人的特点，也保留其作为物的某些基本属性。例如任溶溶翻译的意大利童话《洋葱头》，用拟人手法让老鼠、土豆、洋葱头、胡萝卜、水壶、勺子、碗和碟子等开口说话，老鼠进厨房吃土豆，洋葱头、胡萝卜等共同抗击老鼠的行为，最后，洋葱头自告奋勇让老鼠吃自己，老鼠吃了几口眼睛就辣受不了，最后老鼠被水壶倒开水烫死了。这个童话中老鼠、洋葱头等行为都具有人性，但也没有改变他们本来的特性，如老鼠爱偷吃、洋葱头辣眼睛、碗、碟易碎，等等。这些物品都是儿童所熟悉的，故事也容易被儿童理解。

童话中拟人化的形象很多，有会说话的神仙鬼怪，如猪八戒、牛魔王、狐狸精；有动植物拟人化，如丑小鸭、老鼠舒克；或是物件、器皿拟人化，如石像、稻草人；有形象理念拟人化，如时间老人、春姑娘、秋婆婆、冬爷爷……他们或奇大无比（《大林和小林》中庞大如山一般的怪物，它剔牙用的是一棵松树）；或奇小无比（《拇指姑娘》中只有大人拇指一半大小的拇指姑娘）；或三头六臂（《西游记》中的哪吒）；或行为异常（匹诺曹一说谎鼻子就会变长）……奇形怪状的拟人化形象丰富了儿童的想象力，满足他们好奇的心理。

运用拟人化塑造人物形象，具有单纯而类型化的特点：善良有善良者的标记、凶恶有凶恶者的徽章，其他具有一些小缺点的中间人物，如懒惰、贪吃、自以为是等，其缺点也都是人物本身的标志。这样塑造人物形象是因为儿童一般通过表象判断事物，"好人""坏人"都是顺着"好人做好事、坏人做坏事"的模式推进的。因此，童话人物刻画一般不突出个性而突出共性，人物名称大多泛指，身份没有时代特征或个性特征，以粗线条刻画性格，抓住主要特点而不及其余，创造的人物形象往往是某类的代表，具有很强的象征性，如狼几乎都是坏人的象征：灰色的皮毛、尖利的爪牙、狡猾凶残。羊、兔、耗子等几乎都是善良、弱小、聪明的象征。

2. 虚幻的故事环境

"儿童面前的这个世界，是用他们许多奇特的想法去理解的"，拟人化的形象注定童话发生的环境应是虚化的，这样才可能有稀奇古怪的事情发生，才能让儿童发挥想象、放飞思维，获得巨大的心理满足感。

虚幻的故事环境主要表现为时间和空间的模糊性，没有具体的时间，一般用"从前""很久很久以前""古时候""一天"来表达。空间也是虚拟的，"一个小山村里""乡下""古老的镇子里""森林里""王宫里"，都是故事发生的地方。这种虚幻的故事环境并不影响童话的魅力，却能满足儿童随心所欲的想象，使他们脱离外在的物质现实，进入童话的虚幻世界，产生阅读期待。例如沈南英翻译的美国童话《神奇的魔法》：小老鼠很苦恼，因为大家都不喜欢它，于是他想变成别的东西。他找到魔术师爷爷帮忙，魔术师爷爷给他一只没有标签的瓶子，他捧着瓶子想啊想，自己到底变成什么呢？变蝴蝶、变乌龟、变蜜蜂、变蚂蚁、变只鸟、变只猫、变大象……想来想去，没有一样动物能让小老鼠满意，因为每样动物都有缺点和优点。小老鼠虽然不讨人喜欢，但也有比其他动物强的地方啊。喏，比蝴蝶寿命长，又比乌龟灵巧……想到这儿，小老鼠心里好过多了，便把瓶子还给魔术师爷爷，蹦蹦跳跳回家去了。这个童话故事环境是虚化的，小老鼠住哪里？什么时候找的魔术师爷爷？童话并没有介绍，但并不影响故事的发展，儿童只关心小老鼠变成什么？思考"如果我有这个魔术瓶子，我变成什么"？满足他们的无限遐想，产生阅读期待。

梦境是虚幻故事环境的另一表现。有的童话即使发生在现实环境中，也可让故事情节在非现实的梦境中展开，现实中的主人公只起穿针引线的作用，或者只是借用了他的身体来演绎故事。借助梦境发生的童话故事能实现主人公的愿望，体验梦想成真的感觉，获得的心理满足。例如童话《圆圆和方方的故事》：象棋圆圆和军棋方方都认为自己的形状最好，谁也说服不了谁。晚上，圆圆和方方都做了个梦，梦里看到与自己形状不同的东西都把它变成和自己相同的，却被人们所排斥，差点酿成大祸。梦醒后，圆圆和方方都认识到圆有圆的优点，方有方的长处，只有相互尊重、相互学习，才能发挥更大的作用。这个童话借助梦境，让圆圆和方方实现了梦想，获得心理满足后正确认识了自己。

3. 独特的结构手法

儿童思维简单，只能理解单条线索的童话，因而，童话情节一般是线性的，往往一开头就单刀直入达到高潮，再通过重复关键情节来形成一波三折的效果。这种效果的达成有其独特的结构手法，能强化儿童对关键情节的注意。

三段法。三段法又叫反复法，指同一场景三次反复，或者同一情节三次递进，或者三个人物依次描写，以造成回环曲折的艺术魅力。"三段"雷同情节重复，"三回"故事波折，"三次"相对力量较量，"三人"经历比较。儿童在一次又一次的重复理解故事内容，获得听赏的乐趣。例如周莲珊《阳光编织口袋》写盲婆婆每天都用阳光编织五颜六色的口袋哄三个小家伙：一个孤儿、一个残疾儿、一只被主人遗弃的小狗。后来一对失去孩子的父母请盲婆婆把亲情编进阳光编织袋，孤儿就跟着这对父母离开了；接着一位医生请盲婆婆把爱心编进阳光编织袋，残疾的孩子康复后就跟着医生离开了。被主人遗弃的小狗泪汪汪望着盲婆婆，盲婆婆把善良编进阳光编织袋，一只大黄狗就领着小狗离开了。这个童话运用三段法，盲婆婆根据三个小家伙的情况，把亲情、爱心与善良编进阳光编织袋，使孤儿、残疾儿和小狗都找到温暖的家。儿童在听赏这个童话中，认识到帮助别人的乐趣。

循环法。循环法的模式是甲连着乙，乙连着丙，丙连着丁，丁又连着甲，将大致相同的故事在不同人物间循环一圈来表现主题。这种方法也是通过反复叙写主要情节来吸引儿童的注意与记忆，使儿童理解主题。例如周锐《涂满果酱的小房子》：熊哥哥去给熊弟弟送一桶蜂蜜，路过一座涂满果酱的红房子，他爱吃果酱，忍不住把果酱舔干净，然后把自己提的蜂蜜涂上去，将房子变成金色。第二天熊弟弟带果酱来看熊哥哥，路过涂满蜂蜜的红房子，爱吃蜂蜜的他又将小房子的蜂蜜舔干净，然后涂上果酱，红色的小房子又恢复了原样。这个童话中，果酱——蜂蜜——果酱形成一个循环，熊哥哥与熊弟弟的不同爱好让房子变回原样，通过熊哥哥与熊弟弟的行为，儿童很容易理解童话的主题。

对比法。对比法就是把两个相反的东西放在一起比较，使事物的本质特征更加明显，好的更好，坏的更坏。这种方法的使用符合儿童把是非直接评断成"好"和"坏"的思维方式。例如安徒生童话《灰姑娘》中灰姑娘与两姐妹的对比，后母与亲生母亲的对比等，一般都是一个心肠好，一个心肠坏；心肠好的做了许多好事，心肠坏的做了许多坏事。最后，好心肠的人得到好报，坏心肠的人得到恶报，好和坏形成鲜明的对比。这种鲜明的对比引导儿童认识什么是好，什么是坏，使他们从小树立正确的价值观。

三、童话的类别

不同的分类标准把童话分为不同的类型。从童话形成的过程看，童话可分为民间童话和创作童话。从童话的人物形象看，可分为拟人体童话、超人体童话和常人体童话。从童话的体裁看，可分为童话故事、童话诗和童话剧。从童话的题材看，可分为文学童话和知识童话。

（一）民间童话

民间童话指在民间产生并流传的童话。这类童话一般为集体创作，包括作家采录与加工的童话，如《田螺姑娘》《长发妹》《猎人海力布》等。民间童话在主题设置和语言叙述上有自己的模式，具有程式化、公式化与便于记忆的特点。一般以"从前""很久很久以前"开头，用"从此以后他们过着幸福的生活"结尾，容易使儿童获得心理上的满足。在故事情节的发展过程中，民间童话常用重复来推进故事发展，形成重复式的叙述模式。最典型的是三段式重复，如《灰姑娘》中主人公三次逃离舞会，《白雪公主》中继母三次加害公主，《三只小猪》中大灰狼三次加害小猪。这种三段式的重复使儿童在听讲中获得一种似曾相识的感觉，迎合了儿童听赏的心理需求，从而更好地理解故事。英国作家麦克斯·吕蒂在《童话的魅力》中说："重复意味着模仿，对一种模式的仿效不仅对于孩子来说具有意义，而且对于整个人类的文化来说意味深长、至关重要，童话中的重复具有一种近乎神圣的特性。"三段式的重复满足儿童喜欢模仿的特点，使他们更容易接受童话。

（二）拟人体童话

拟人体童话指运用拟人手法赋予各种有生命或无生命的事物以人格的童话。符合儿童万物有灵的观念，可以更好地帮助儿童认识多彩的世界。拟人体童话是最常见的童话，动植物童话的主人公，《小熊·温尼菩》《胡萝卜先生的胡子》《小猪唏哩呼噜》《笨狼的故事》《给熊奶奶的信》等，都是儿童耳熟能详的拟人体童话。拟人体童话的人物形象既保留了动植物本身的特性，又赋予人的思想感情，物性与人性相融合，使童话形象鲜活起来。

除了动植物外，无生命的物体也成为拟人体童话的形象，它们常作为童话故事中的次要角色，与其他形象一起构成多彩的童话故事。例如安徒生的《坚定的锡兵》、孙幼军的《小布头奇遇记》、汤素兰的《红鞋子》等。另外，自然之物也是拟人体童话的形象，如春姑娘、风伯伯、时间老人、真理仙子等，严文井的《浮动》《小溪流的歌》则直接把自然现象作为主人公加以描绘。

（三）童话诗

童话诗就是以诗歌的形式来写作的童话。这类童话在语言上具有诗的特点，即语言韵律感强，又有童话的特色，非常生动有趣。例如鲁兵的童话诗《小老虎逛马路》：

案例 4 - 1

小老虎逛马路
鲁兵

我是小老虎，
会荡秋千会跳舞，
会吹喇叭会敲鼓。
我是马戏团的小明星，
一出场，人们就欢呼。
可是我，老是关在笼子里，
你们说，有多难受有多痛苦。
可巧今天上午，
笼子坏了一根小铁柱。
太棒了！
我就溜了出来逛马路。
穿过小胡同，
来到大马路，
轿车客车吧吧呜，
行人多得无法数。
还有好多小朋友，
花花衣服花花裤，
有的拿着大气球，
有的在吃糖葫芦。
人们看见我，
马上就站住，
他们个个喜欢我，
喊着："小老虎，小老虎！"
呀，人越来越多了，
好像欢迎贵宾的队伍。
警察叔叔赶来了，
大叫："散开，快散开！
车子几百辆，全给堵了路。"
随后来的是大夫，

忙问："谁给老虎咬伤了？

还好，还好，没有出事故。"

接着来的是记者，

递来话筒对我说：

"请你谈点感想吧，小老虎。"

最后来的是驯兽员，

急得满脸是汗珠。

领着我回去，

边走边嘀咕：

"小老虎呀，小老虎，

你真胡闹，是个小迷糊。"

我呢，觉得挺委屈，

"我怎么胡闹了？

不过出来散散步。"

诗歌里逛马路的小老虎就像一个偷偷从家里跑出来玩耍的孩子，对外面的一切充满好奇。因为小老虎的出现，马路上变得忙碌起来，但这份忙碌看上去又是多么地令人愉快！记者让小老虎用自己的声音讲述它逛马路的经过，本来十分熟悉的生活场景，透过小老虎的眼睛变得格外新鲜和有趣。当急得满脸是汗的驯兽员责备小老虎"胡闹"时，小老虎觉得挺委屈，因为自己"不过出来散散步"。这首童话诗采用隔句押韵的形式，读起来韵味十足，而小老虎在诗歌中的故事非常简洁有趣，给儿童带来新奇感和幽默感。

鲁兵的《小猪奴尼》也是深受儿童喜爱的童话诗，讲述小猪奴尼不爱洗澡脏兮兮，妈妈认不出把他赶走，羊姐姐认不出不要和他玩，猫阿姨认不出不准他和孩子们游戏，牛婶婶用水帮他冲洗后，妈妈才认出是奴尼。这首儿童诗用生动的语言描绘了脏小猪处处被拒绝的奇特经历，塑造了奴尼这个顽皮、不讲卫生的小猪形象。这首诗读起来朗朗上口，富于音乐性，充分体现童话诗的特色。

第二节 童话的欣赏

鲁迅先生说："孩子是可以敬服的，他常常想到星月以上的境界，想到地面下的情形，想到昆虫的语言；他想飞上天空，他想潜入蚁穴……"童话以奇特幻想满足儿童天马行空的想象，是儿童文学的一朵奇葩，它将现实生活中许多平凡的事情，很多无法实现的内容编织成一幅美妙奇幻的故事，使儿童在听讲中得到美的享受。

一、在想象中了解故事

离奇的故事情节是童话最有吸引力的地方，欣赏童话应先了解故事情节。苏联儿童文学家伊凡柯说："要是没有幻想的因素，没有一定成分的魔法，就没有童话了。"幻想是童话的基本特征，是童话构思和塑造人物的重要手段。在欣赏童话时应紧扣童话的幻想特征，引导儿童在想象中了解故事情节，感受童话的乐趣。

案例 4 - 2

笨狼请客
刘灵

笨狼逮着了一只兔子。他想让朋友都来吃兔肉，可是，兔子又瘦又小，肯定不够吃。

笨狼想："我把兔子养肥了，到星期天再请客。"

星期一，他给兔子喂牛奶。

星期二，他给兔子喂面包。

星期三，他给兔子喂夹心饼干。

星期四，他特意去树林里摘苹果，给兔子喂了两个大苹果。

到了星期五，笨狼发现兔子还是又瘦又小，怎么办呢？笨狼要去找最最好吃的东西。

在森林边，笨狼发现了一块牌子：快快长萝卜实验基地。

笨狼高兴极了：吃了"快快长"，我的兔子肯定会长得飞快！他拔了几个萝卜，飞快地溜走了。

这天，笨狼给兔子喂了两个萝卜。

星期六，笨狼又去喂兔子。推门一看，笨狼惊呆了：哎哟，兔子都长得像一只小山羊啦！

太神奇啦！笨狼惊得半天没有合上嘴。他把三个大萝卜扔给兔子，赶快跑去打电话。

星期一一大早，朋友们都来了。笨狼打开兔子的门：天哪，兔子比笨狼还大了。

笨狼有点儿害怕了，可他还是壮着胆子朝兔子走去。还没等他伸手去捉，兔子扬起后腿，狠狠地踢了笨狼一脚。

笨狼重重地摔倒在地，那只又肥又大的兔子趁机逃走了。

这个童话诙谐幽默，生动地描述了笨狼为了请客，努力想把瘦小的兔子喂养成肥大兔子的经过。故事借助新产品"快快长"催大了兔子，使笨狼和兔子间的大小关系发生逆转，导致笨狼落得一无所获。这个童话有三个情节：笨狼养兔、笨狼喂兔与兔子逃跑。欣赏时先用生动流畅的语言讲述童话，接着提问：笨狼为什么养兔子？笨狼每天拿什么喂兔子？兔子为什么逃走了？儿童根据这些问题展开想象，就能很好地了解童话情节。

二、在行为中把握形象

人物形象是童话故事情节发展的载体，是儿童听赏过程中容易引起共鸣的要素。童话情节的发展是通过人物行为的表现来推动的，欣赏童话时，应明确人物的行为方式，引导儿童通过行为方式把握人物形象，感受他们的喜怒哀乐，推断童话情节的发展。

案例 4 - 3

胆小先生
王铨美

有一位先生，住在一座漂亮的房子里。因为他的胆子很小，大家给他起了个名字，叫胆小先生。

一天，一只大老鼠闯进了他的房子，胆小先生马上去捉，结果在地下室里捉住了它。

"你放了我，"大老鼠挣扎着说，"我要是一跺脚，整个房子就塌了。"

胆小先生害怕了，忙放开了它，还允许它住在地下室里。

地下室里吃的东西真多，大老鼠吃啊，喝啊，真开心。后来大老鼠生了一窝小老鼠，小老鼠又长成了大老鼠……很快，地下室里住满了老鼠。

"不行！不行！"大老鼠冲着胆小先生嚷嚷，"这么多老鼠住在这么一个小小的地下室，而你一个人住在这么多的房子，太不合理了，得换房子。"

"换房子？"胆小先生大吃一惊。

"对，换房子！"老鼠们齐声说。

胆小先生又害怕了。房子换了，胆小先生住进了地下室，老鼠们住进各个房间。

他们在宽大的客厅里唱啊跳啊，在喷香的厨房里喝啊吃啊，每天都像过节一样。

"你应该搬出去，"大老鼠又冲着胆小先生嚷嚷，"你干吗老住在地下室，这么好的地下室配你住吗？"

"什么？"胆小先生急得跺了一下左脚，"咚——"整个房子轻轻地抖动了一下。

"不!"胆小先生气愤得跺了一下右脚，"咚——"整个房子猛烈地摇晃了一下。

老鼠们害怕了，它们个个抱头乱窜，以为地震了。

"哦，原来我是很有力量的!"胆小先生抓起一把旧扫帚，这儿一扑，那儿一打，这儿一戳，那儿一捣，打得老鼠吱吱乱叫逃走了。

胆小先生后来怎样了呢？小朋友能猜到吗？

胆小先生夺回了自己的房子："唉，老鼠的胆子是那么小，我有什么好怕的呀!"胆小先生赶走了那么多的老鼠，他以后再也不胆小了。

这个童话描述胆小先生从怯懦走向坚强的过程。因为胆子小，被大家叫他胆小先生；因为胆子小，老鼠在他家胡作非为；因为胆子小，被老鼠占据了房子；因为胆子小，差点被老鼠赶出房子。欣赏童话时可通过胆小先生与老鼠的行为把握两者形象：胆小先生开始捉到老鼠时，竟被老鼠吓到，允许老鼠住在地下室；老鼠生下小老鼠后，住进了胆小先生的房间，让胆小先生住地下室；老鼠得寸进尺，想赶走胆小先生。胆小先生从害怕—大吃一惊—急—气愤，最后赶走老鼠。对胆小先生的形象采用先抑后扬的手法，对老鼠的形象则先扬后抑，生动展示两个人物地位的变化，引导儿童明确：坚强起来能战胜任何困难。

三、在语言中品味童趣

童趣是儿童文学的固有特色，也是儿童文学的审美原则。童趣在童话中主要体现于叙述语言之中，幽默诙谐的语言容易引起儿童关注，迎合他们的思维习惯。欣赏童话可在品味语言时获得别样的乐趣，达到愉悦身心、陶冶性情的效果。

禽言兽语。禽言兽语是童话中最常见的语言，或开心、或难过、或谐趣，儿童在听赏中容易被打动，不禁把自己代入童话，跟随语言体验童话的有趣情节。

案例 4 - 4

悄悄话

森海

骨碌碌，骨碌碌——山上滚下一块大石头，堵住小羊家门口。小羊急得拼命推，咩咩咩，推来推去推不动。

小鸡跑来了。小羊说："咩咩咩，石头堵住家门口。小鸡帮帮我的忙!"

小羊小鸡一起推石头，咩咩咩，叽叽叽，推来推去推不动。

小青蛙跑来了。小羊说："咩咩咩，石头堵住家门口。小青蛙帮帮我的忙!"

小羊小鸡小青蛙一起推石头，咩咩咩，叽叽叽，呱呱呱，推来推去推不动。

小黑熊一摇一晃，哼着歌儿跑来了："哼呀！哼呀！我的力气大呀！"

小羊看见连忙叫起来："咩咩咩，石头堵住家门口。小黑熊快来都帮我的忙！"

小鸡见了也大声嚷："叽叽叽，小黑熊，快来帮忙推石头。"

小黑熊晃着大脑袋："不推，不推，我要回家去睡觉。"

小青蛙想了想，呱呱呱叫起来："小黑熊，快过来，我告诉你一句悄悄话。"

"什么悄悄话？你快说。"

"推开大石头，我再告诉你。"

小黑熊说："推就推，你可不能骗了我。"

"不骗，不骗，一定不骗你。"

小黑熊帮忙推石头，一、二、三——咕噜，石头一下滚开了。小黑熊擦擦头上的汗："小青蛙，你快说。"

小青蛙扒着小黑熊的耳朵，悄悄说："小黑熊是个好孩子。"

小黑熊一听真快活，他说："以后大石头堵住小羊家门口，我一定再来推。"

这篇童话基本由对话构成：小羊家门口被石头堵住了，他咩咩咩地请小鸡帮忙，小羊和小鸡一起咩咩咩、叽叽叽用力推石头，推来推去推不动。小羊咩咩咩地请小青蛙帮忙，他们咩咩咩、叽叽叽、呱呱呱地推石头，推来推去推不动。小黑熊哼着歌跑来了，小青蛙请小黑熊帮忙，大家一起推石头，石头咕噜就滚开了。在这篇童话中，拟声词的运用帮助儿童认清角色形象，听懂故事情节发展，知道小动物们如何把石头推开，最后"咕噜"一声形象表现石头滚动的情形，增强童话的趣味性。

魔言咒语。魔法是儿童都希望拥有的本领，童话中也经常出现魔法道具，因而，魔言咒语也成为推动情节发展的重要部分，增加了童话的神秘感，深受儿童欢迎。例如《阿里巴巴与四十大盗》在洞前念"芝麻开门"，就会打开山洞大门；《马兰花》里拿着马兰花念"马兰花，马兰花，风吹雨打都不怕，勤劳的人在说话，请你马上就开花"，就能实现自己的愿望……这些魔言咒语使童话变得更为神奇，提高童话乐趣。

案例 4 –5

七色花

瓦·卡泰耶夫

一天，小姑娘珍妮到铺子里买了七个面包圈。回家的路上，她一边走一边东张西望，一只狗跟在她的后面，把面包圈一个一个吃掉了。

"啊，你这坏狗！"珍妮叫着，转身去追那只狗。可是，她没追上，却迷路了。她急得哭了起来。这时，走来一个老婆婆，把她领到一座花园里。

"别哭了!"老婆婆说,"我把这朵'七色花'送给你吧!"说着,老婆婆把一朵有着黄、红、蓝、绿、橙、紫和青七片彩色花瓣的花送给珍妮。

"这朵小花,"老婆婆又说,"只要撕下一片花瓣,把它扔出去,唱个歌谣,你要它做什么它就能做什么。"老婆婆教珍妮唱那首歌谣,珍妮刚学会,老婆婆就不见了。珍妮想试试看,就撕下一片黄花瓣扔出去,唱道:"小花瓣儿飞哟飞,飞到西来飞到东,飞到北来飞到南,绕一个圈儿转回来,让我带着面包圈回家去。"

一眨眼工夫,珍妮回到家了,手里拿着一串面包圈。

珍妮想:"这真是一朵神奇的花,我要把它插在最好的花瓶里。"她伸手去书架上拿妈妈最心爱的小花瓶,一不小心,"当啷"一声,花瓶掉下来摔碎了。珍妮连忙撕下一片红花瓣:"……让妈妈的花瓶完完整整的吧!"歌谣还没唱完,花瓶碎片已经合在一起了。

珍妮走到院子里,看见男孩子们在玩"到北极去"的游戏。"让我们一起玩吧!"珍妮说。但男孩们不让她参加。珍妮撕下一片蓝花瓣唱了起来:"……让我马上到北极!"她就立刻到了寒冷的北极。

一阵旋风吹来,珍妮还穿着夏天的衣服呢,"哎哟,太冷了!"她大哭起来。这时,七只大白熊向她走过来。珍妮吓得赶快撕下一片绿花瓣,边扔边唱起歌:"……让我马上回到我家院子里。"

一眨眼工夫,珍妮又在院子里了。她走到别的院子去同女孩子们玩,看到她们有各种各样的玩具,就撕下一片橙色花瓣,唱道:"……让世界上所有的玩具都归我吧!"于是,玩具从四面八方向珍妮飞来。洋娃娃、小皮球、小汽车、小飞机……堆满院子,堆满街道,城里交通堵塞了,有些玩具跟着珍妮来到阳台,爬上楼顶。

珍妮赶快撕下一片紫花瓣,唱道:"……让玩具赶快都回商店去。"于是,所有的玩具都不见了。

只剩下一片花瓣了,可不能再随便用了。珍妮来到大街上,仔细想还要点儿什么。

忽然,她看见一个很可爱的小男孩坐在大门前的板凳上。

"小朋友,你叫什么名字?"珍妮问。

"维佳。"

"啊,维佳,我们来玩捉迷藏吧!"

"不行,我的腿有毛病,不能跑着玩。"

"你一定能跑!"珍妮说着,撕下最后一片青花瓣,唱道:"小花瓣儿飞哟飞,飞到西来飞到东,飞到北来飞到南,绕一个圈儿转回来,让维佳健康起来吧!"

小男孩的腿马上好了,他从板凳上跳下来,同珍妮玩起了捉迷藏。

童话中老奶奶送给珍妮的七色花具有神奇魔法,撕下花瓣唱个歌谣就能实现愿望:"小花瓣儿飞哟飞,飞到西来飞到东,飞到北来飞到南,绕一个圈儿转回来……"。七色花的神奇魔力给儿童带来极大的乐趣，念唱歌谣就是他们听赏后的最大收获。可见，魔言咒语不仅是推动情节发展的手段，更能给儿童带来欢乐的寄托。

第三节　童话的创作

安徒生说："最奇异的童话是从最真实的生活中产生出来的。"可见童话源自生活，童话中的种种幻想情节，表面上看来虚无缥缈、荒诞不经，却可以从现实中找到它们的影子。我们常说："童话都是骗人的"，说明童话是虚幻的，但明知童话是虚幻的，为什么却让人阅读起来欲罢不能？因为幻想虽然不同于现实，但仍然遵循着客观事物的某些发展规律，具有合理性。因此，创作童话不能离开现实。

一、在幻想与现实之间寻找契合点

洪汛涛在《童话艺术思考》中归纳了童话创作的公式：真→假→真。他说："前面那个'真'字，那就是从真实的生活出发。……童话是一种幻想的艺术，幻想是假的，必须是假。这个'假'字是童话唯一的独有的艺术处理手段。其他文学样式，都不用也没有这一手段。一个作品是不是童话，成功与否，关键就在这个'假'字上。'假'字是童话的试金石。童话必须是'假'的，不'假'就不是童话。一个好童话，它就要'假'得好。所以童话艺术处理手段，一定要这个'假'字……所以，我们可以把童话称之为'假'的艺术。但是这'假'决不是随心所欲的假。要知道，这'假'字前后还有两个真字，'假'字夹在两个真字的中间。这'假'是受'真'的制约的。一个童话作品，它必须在'真'的真实生活基础上，通过假的童话艺术处理，最终反映'真'的真实生活。"童话是一种幻想性的文学，具有很强的想象因素，但童话同时又是现实生活的折射，它体现了一定的生活本质和精神。它并不直接描绘现实生活本身，而是借助艺术幻想去塑造并不存在于现实之中却具有现实意义的形象。因此，创作童话应创造出一个既有现实生活的影子，又完全不同于现实世界的幻想世界。

童话中万物都可以像人一样的行动、语言、有思想、有感情，甚至具有人所没有的超能力。小狗小猫开口说话，花花草草随风起舞，老树大石头充满智慧，一条美人鱼能活三百年……这些现实中不可能的事，在童话里都变成自然而然的事。因而，在创作童话时，赋予万物以人的行动与语言，让儿童与万物对话，就找到虚幻与现实的契合点。

案例 4-6

寄给蛤蟆的信

（美）阿诺德·洛贝尔

蛤蟆坐在门口的小凳子上。青蛙从外面走过来，奇怪地问："你怎么了，蛤蟆？你看上去很不开心。"

"我真的很不开心，这是我一天中最难过的时候。每天，我都在等朋友的来信，可每次都没有信。"蛤蟆不高兴地回答。"你一回也没收到过信吗？"青蛙奇怪地问。

"一回也没有。"蛤蟆答道，"谁都不给我写信，我的信箱天天是空的。我天天等信，天天没信，天天不开心。"

青蛙和蛤蟆坐在门口，一起难过起来。

"我现在得回去了。"青蛙突然说，"我回家有事，必须马上去。"

说完，他三步并作两步地跑回了家。

回到家里，他飞快地写起信来，写完就装进信封里。信封上是这样写的："给蛤蟆的一封信"。

他跑出屋子，看到了老朋友——蜗牛，就对她说："蜗牛妹妹，麻烦你把这封信送到蛤蟆家，放到他家的信箱里，好吗？"

"没问题，我马上就去。"

蜗牛一走，青蛙又跑回蛤蟆家。蛤蟆正躺在床上睡觉。

"蛤蟆，我想你应该马上起床，再到外面等一会儿，看看有没有来信。"

"我不想起来了，老是等信，我都等累了。"

青蛙透过窗子向蛤蟆家的信箱望去，蜗牛还没有赶到。青蛙转过身来说："别人什么时候给你寄信，你怎么会知道呢？还是去等吧。"

"不，不，我想谁也不会给我写信的。"

青蛙又向窗外望去；还是不见蜗牛的影子。青蛙安慰蛤蟆说："蛤蟆，今天可不一样，今天会有你的信。"

"不会的，"蛤蟆说："以前没人给我寄信，今天也不会有人给我寄信。"

青蛙又往窗外看了看，蜗牛还是没来；

"青蛙，你怎么老往窗外看呢？"蛤蟆忍不住问道。

"我正在等你的信。"

"唉，不会有信的。"

"不，会有信的，我刚才给你寄了一封信。"

"你说的是真的吗？你在信中写了什么？"

"我写道，"青蛙回答，"亲爱的蛤蟆，我很高兴有你这样一个最好的朋友。"

"噢，这封信写得太棒了！"

青蛙和蛤蟆一起到门外去等信。他们坐在门口，非常开心。他们等啊等啊，等了很长时间，蜗牛才爬到蛤蟆家，把那封信交给了蛤蟆。蛤蟆高兴得又蹦又跳。

这篇童话讲述了一个关于"友情"的故事。青蛙看到蛤蟆因为没有信而不开心，就回去给蛤蟆写了一封信，并请蜗牛送信，然后又去蛤蟆家一起等信。当信迟迟没有送来的时候，青蛙忍不住提前将实情告诉了蛤蟆。作品赋予蛤蟆和青蛙以人的思想与言行：蛤蟆不开心，青蛙就逗他开心；蛤蟆不去等信，青蛙就催他去，还把自己写信的事情告诉他。蛤蟆和青蛙就像性格迥异的孩子，一个内向，一个热情，这篇童话把孩子善良稚拙和天真无邪的心态展现得淋漓尽致，引起儿童强烈的共鸣。

著名儿童文学家严文井先生说："童话是由孩子们的需要而产生的，最初的创造者是孩子。……童话作者不写，童话仍要产生，而且天天产生，处处产生。……您的孩子给大布偶和小布偶分好了姐妹；给房上的狮子猫和金银猫定了好坏；称赞白熊爱干净，批评黑猫不洗脸，这就接二连三产生了好几篇童话。……只要有儿童，这种童话就自然不断产生，是谁也控制不了的。"可见，童话是根据儿童的泛灵观念产生的，它遍布于儿童的生活之中，是儿童快乐的源泉。

二、运用修辞塑造人物形象

儿童的审美心理对于感性形象的依赖性要求儿童文学作品要特别注重形象性，童话创作应塑造具体可感的人物形象，以帮助儿童理解童话故事。儿童活动范围小，知识经验不足，往往从主观的想象、幻想去解释各种自然现象，因而认为"万物有灵"。在儿童看来，不仅生活中的各种动物、植物，它们都有思想、会说话，即便自然现象的日月星辰、风霜雨雪，大地上的山川河流，甚至一些无形的东西，也都有人的思想与行为。因此，童话应塑造生动鲜明的人物形象。

拟人。儿童文学家陈伯吹先生说："为了把幻想故事的主要物质材料（自然物），通过幻想和联想，转化为作品形象，以特殊的形式来反映社会生活，就得把它们'人格化'起来，于是拟人法就成为童话创作手法的宠儿了。"拟人法在童话中的运用，应兼顾物性与人性，既要把动（植）本身具有的属性表现出来，如牛勤劳、羊温顺、猪懒惰、猴聪明、熊笨拙、狮暴躁、虎凶残、狼阴险……又要让它们具有"人"性，即开口说话。

案例 4-7

买礼貌

胡木仁

小猴，没有礼貌。

老师来了，他不问好；撞到小兔，他不道歉；碰见老人，他不让路……

猴妈妈很生气，她对小猴说："你怎么不学着讲礼貌呢？"

学礼貌，多麻烦，拿钱去买多省事。小猴对妈妈说："给我一些钱，我去买礼貌。"

猴妈妈哭笑不得，但仔细一想，就给了小猴一些钱。

小猴拿着钱，高高兴兴地朝街上跑去。

来到第一家商店，小猴大喊："喂，这儿卖礼貌吗？"

没人回答。

一家、两家……小猴跑了三十三家商店，都没有买到礼貌。

只剩下最后一家商店了，是山羊伯伯开的。山羊伯伯平时对小猴很好，小猴很敬重他。

小猴想：山羊伯伯肯定帮忙，我一定能买到礼貌。

他看见山羊伯伯很忙，就等了一会儿。

"山羊伯伯，您这儿有礼貌卖吗？"小猴轻轻地问。

山羊伯伯笑了："傻孩子，礼貌是买不到的，只能学到。"

小猴没有买到礼貌，低着头走回家。他不好意思地对妈妈说："对不起，我没有买到礼貌。"

猴妈妈乐呵呵地端出饭菜："肚子饿了吧，快吃。"小猴早已饿极了，他大口大口地吃着香喷喷的饭菜，心想：还是妈妈好，我要谢谢她。

"谢谢妈妈！"一句很有礼貌的话从小猴嘴里飞出来。猴妈妈笑了："孩子，你没有买到礼貌，但你学到了。"

这篇童话用拟人手法赋予猴子以人性，他会说话、会生气，但在描写上保留了小猴聪明、调皮的本性：老师来了不问好，撞到小兔不道歉，碰见老师不让路……符合小猴的本来面貌，再对他进行"人格化"处理：买礼貌。买东西是儿童熟悉的，小猴子找了三十三家商店都没有买到礼貌，找到山羊伯伯的商店，山羊伯伯却告诉他"礼貌是买不到的，只能学到"，小猴这才明白要好好学礼貌，但怎么学？童话并没有直接给出答案，而是让小猴在感受妈妈关心的情况下自然说出"谢谢"。童话中的小猴就像生活中的孩子，调皮捣蛋时不听劝，碰到钉子后才发现自己错了，人物形象生动，容易为儿童接受。

夸张。夸张是指借助奇妙的想象，将描写对象的某些特点进行扩大或缩小从而突出其本性，增强艺术效果。童话借助夸张对人物形象进行放大或缩小，以合情合理、不失真为原则，让其在生活中有真实存在的可能性，因此，夸张要夸而有节、张而有度。

案例 4 – 8

超级感冒
武玉桂

达达感冒了，一上午打了 80 个喷嚏。

妈妈领他去打针，达达怕疼，不去；妈妈又找来药片，达达嫌苦，把药片偷偷扔掉了。

下午，妈妈去上班。达达一个人在屋里摆积木。哦，真棒！一座大楼房很快就盖好了。达达高兴得正要拍手，突然，"阿嚏！"屁股下面的小椅子打了个喷嚏，椅子掀翻了，达达也摔了个跟头。

"哦，椅子也感冒了？"达达赶紧扶起椅子。这时，又听得"阿嚏"——积木也感冒了。"哗啦"一声，积木楼房倒塌了。

不一会儿，屋里的东西都感冒了：

"阿嚏！阿嚏！"

锅碗瓢勺蹦得老高；

台灯、闹表、小木偶……

全都在跳。

家里不能待了，达达只好到街上去玩。

达达从小树下走过，小树打了个喷嚏，把 1000 片树叶震落到地上。

达达从邮局门前走过，邮筒打了个喷嚏，1 万个信封像蝴蝶似的飞到了空中。

唉，街上也不能走了，达达只好挤公共汽车。

"嘀嘀——阿嚏！"达达刚上车，汽车也打开了喷嚏，真险哟，公共汽车差点儿撞在了交通警的岗楼上……

后来，达达溜进了动物园，去看河马。

河马的喷嚏真厉害，一下子把达达吹到天上。

达达落到了一间房子里。真巧，这房子正是医生的诊室。医生一把按住了达达，说："感冒是要传染的，赶紧打针。"

打过针，吃过药，达达的感冒好了。现在，要是不闻点儿胡椒面，他连半个喷嚏也打不出来，真的！

打针和吃药是儿童害怕的事情，这篇童话抓住儿童这一心理，以夸张的手法描写感冒给达达带来的一连串危险：椅子掀翻了、积木楼房倒塌了、家里不能待了、街上不能走了、公车不能坐了、公园不能去了……看起来合情合理的事情都因喷嚏而改变，幸好有医生帮忙，最后结局又回到打针吃药上。在运用夸张手法表现感冒带来的巨大危害时，并没有过分夸大，都在适当的范围之内，如"小树打了个喷嚏，把1000片树叶震落到地上。邮筒打了个喷嚏，1万个信封像蝴蝶似的飞到了空中的运用"，不会危及达达的生命安全，突出达达的形象，使儿童产生共鸣，明白感冒就要打针吃药的道理。

三、用童言童语描述情节

儿童文学家张天翼说："童话要让儿童爱看、看得进，能够领会。"老舍在《儿童的语言》中说："用不多的词儿，短短的句子，而把事物巧妙地、有趣地述说出来，足以使孩子们爱听。"可见，童言童语是童话创作的语言要求。

语言简洁有趣。儿童有意注意的时间短，简洁有趣的语言符合他们的学习要求，叶圣陶曾这样评价："孙幼军的童话受到孩子们的欢迎，语言运用得好是个重要的原因，简洁、活泼、有情趣，念下去宛然孩子的语气。"可见，简洁有趣是童话语言的基本要求。

案例 4-9

鹅妈妈买鞋
王淑芬

鹅妈妈去买鞋，左看右瞧，买了一双高跟鞋。
老板说："鞋很美，可惜你腿上毛太多。看来还得买双袜，让你看来像朵花儿。"
老板说："袜很美，可惜你腰围肥了些。最好加件大花裙，保证让你受欢迎。"
老板说："裙很美，不过你脖子光溜溜。只要有条金项链，你会变成大美人。"
项链美，不过老板有意见："现在什么都不缺，只要一瓶好香水。"
哎哟哟，鹅妈妈手酸脚也累，原来只想买双鞋，怎么抱回一大堆。

这篇童话篇幅短小，采用层层递进的方式，描写鹅妈妈买鞋过程中，被精明、善言的老板劝说，购买了一大堆物品的有趣情节。文中的语言简洁有趣，全篇都是短句，没有复杂的句子，没有生僻字，以三字句为多，"老板说""鞋很美""袜很美""裙很美""项链美"等，方便儿童理解的同时，也生动有趣地体现老板精明的形象。语言口语化，"可惜""最好""保证""大美人""手酸脚累""抱回一大堆"等，都是儿童熟悉的语言，容易为儿童接受。

语言生动形象。生动形象的语言能较好地表现童话的角色面貌，缩短童话与儿童的距离，引导孩子走进童话故事。动感强烈、色彩鲜明的词语容易引发儿童的联想，形成动态画面，直观感知童话情节。

案例 4-10

小羊过桥

有一只小羊，身上长着白毛，头上有两只小角，叫起来"咩咩咩"的，大家叫他小白羊。

还有一只小羊，身上长着黑毛，头上有两只小角，叫起来"咩咩咩"的，大家叫他小黑羊。

小白羊和小黑羊都住在河边。小白羊住在小河东边，小黑羊住在小河西边，他们中间隔着一条河。

这条河不宽，可是很深，"哗啦啦""哗啦啦"，河水一天到晚流着。这可怎么过河呀！还好，河上架着一根木头，这就叫作独木桥。独木桥很窄很窄，只能走一个人。

小白羊住在小河东边，可是他的姥姥住在小河的西边。小白羊常常走过独木桥去看姥姥。姥姥总是找很多鲜嫩鲜嫩的青草，给小白羊吃个饱，才让他回家去。

小黑羊住在小河西边，可是他的爷爷住在小河的东边。小白羊常常走过独木桥去看爷爷。爷爷总是找很多鲜嫩鲜嫩的青草，给小黑羊吃个饱，才让他回家去。

有一天，天气很好，小白羊心里想：这样好的天气，我到姥姥家去一趟吧。

小白羊一边"咩咩咩"地唱着歌，一边"的笃的笃"走上了独木桥，向小河西边走去。

这时候，小黑羊也一边"咩咩咩"地唱着歌，一边"的笃的笃"走上了独木桥，原来小黑羊也要到小河东边去看爷爷呢。

小白羊朝西走，小黑羊朝东走，走着走着，走到桥中间，他们俩就碰头了。小白羊走不过去，小黑羊也走不过来。

小白羊把头一抬，对小黑羊说："退回去，退回去！快给我退回去！你知道吗，我要过桥看我姥姥呢！"

小黑羊一听，也把头一抬说："你退回去，退回去！我要过桥去看我爷爷呢！"

小白羊生气了，瞪着眼说："你为什么要我退回去？是我先上桥的！你应该退回去，退回去！"

小黑羊也生气了，把小蹄子蹬得咯咯地响，大声说："是我先上桥的！你应该退回去，退回去！"

说着说着，小白羊和小黑羊就吵起来了。他们越吵越凶，谁也不肯让谁。

小白羊发脾气了，他低下头，把两只角对着小黑羊冲过去。

小黑羊见小白羊冲过来，也低下头，把两只角对着小白羊冲过去。只听见"咚"的一声，小白羊的头和小黑羊的头撞在一起了；又听见"扑通""扑通"两声，两只小羊都掉到河里去了。

这篇童话语言生动形象，用颜色词白、黑表明两只小羊的身份；用方位词"东""西"表现矛盾的形成；用拟声词"哗啦啦"形容水流声，"咚"形容两只小羊的撞击声，"扑通""扑通"形容两只小羊掉到河里的声音，"的笃的笃"形容小羊走上桥的脚步声。儿童在听赏中仿佛看到黑白两只小羊上桥、碰撞、落水的情形，形象生动、画面感强，增加了故事趣味，容易为儿童所理解。

◎ **知识回顾**

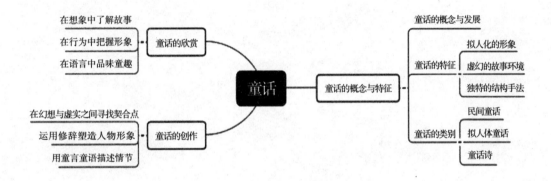

◎ **实践练习**

1. 童话有哪些特征？

2. 利用见习机会给小朋友讲一个童话，注意观察他们的反应。

3. 把李白的《梦游天姥吟留别》改编为童话。

4. 阅读下面的童话，并根据提示模拟讲述。

猴吃西瓜

猴王找到个大西瓜。可是怎么吃呢？这个猴儿啊从来也没吃过西瓜。突然他想出一条妙计，于是就把所有的猴儿都召集来了，对大家说："今天我找到一个大西瓜，这个西瓜的吃法嘛，我是知道的，不过我要考验一下你们的智慧，看你们谁能说出西瓜的吃法，要是说对了，我可以多分他一份；要是说错了，我可要惩罚他！"小毛猴一听，搔了搔腮说："我知道，吃西瓜是吃瓤！"猴王刚想同意。"不对，我不同意小毛猴的意见！"一个短尾巴猴儿说，"我清清楚楚地记得我和我爸爸到我姑妈家去的时候，吃过甜瓜，吃甜瓜是吃皮，我想西瓜也是瓜，甜瓜也是瓜，当然该吃皮啦。"大家一听，有道理，可到底谁对呢，于是都把眼光集中到一只老猴儿身上。老猴儿一看，觉得出头露面的机会来了，就清了清嗓子说道："吃西瓜嘛，当然……是吃皮啦，我从小就吃西瓜而且一直是吃皮。我想之所以老而不死，也是由于吃了西瓜皮的缘故！"

有些猴儿早就等急了，一听老猴儿也这么说，就跟着嚷起来："对，吃西瓜皮！""吃西瓜皮！"

猴王一看，认为已经找到了正确答案，就向前跨了一步，开言道："对！大家说得都对，吃西瓜吃皮！哼，就小毛猴崽子说西瓜是吃瓤儿，那就叫他一个人吃，咱们大家都吃西瓜皮！"于是西瓜一刀两半，小毛猴儿吃瓤儿，大家伙儿是共分西瓜皮。

有个猴吃了两口，就捅了捅旁边的说："哎，我说这可不是滋味啊！"

"咳——老弟，我常吃西瓜，西瓜嘛，就是这味……"

第五章　儿童寓言

◎ **学习要点**

　　◇ 认识儿童寓言的特征，知道寓言的深刻内涵。

　　◇ 学会欣赏儿童寓言，能创编简单的寓言。

　　◇ 阅读寓言，感受寓言的美育功能。

◎ **问题导入**

猎人和骑者

　　有个猎人捉住了一只兔子，扛着往回走。他遇见一个骑马的人，那人假意要买兔子。骑马的人从猎人手里接过兔子，立刻纵马而去。猎人在他背后奔跑，以为可以追上他。但是他们越离越远，猎人无可奈何，呼唤骑马的人，对他说："你走吧！我已经把兔子送给你了。"

　　这故事是说，许多人本来不愿意放弃自己的东西，却假装乐意送人。

　　问题：

　　1. 寓言在形式上有什么特点？

　　2. 如何引导儿童欣赏寓言？

第一节　儿童寓言概述

　　寓言是一种历史悠久的文学类别，它起源于民间。与童话一样，寓言也受到神话与传说的影响，寓言在继承、借鉴和吸收这些养料的同时，破除原来的蒙昧思想，有意识地运用联想和想象反映生活，揭示生活的深刻哲理。

一、儿童寓言的概念与发展

德国作家莱辛在《论寓言的本质》中说："要是我们把一句普通的道德格言引回到一个特殊的事件上，把真实性赋予这个特殊事件，用这个事件写一个故事，在这个故事里大家可以形象地认识出这个普通的道德格言，那么，这个虚构的故事便是一则寓言"，可见，寓言是指通过虚构故事来揭示教训或道理的文学样式。儿童寓言就是利用儿童能理解的简短故事来揭示道理的文学样式。

"寓言"一词最早见于《庄子》："寓言十九，籍外论之"，意思是寄寓之言十句有九句让人相信，是因为借助于客观事物的实际来进行论述。可见，寓言最初并非是一种文体，而是说话的方式。唐宋时期，寓言有"偶言""譬喻"等称呼。1902 年，林纾和严璩的《伊索寓言》将中国寓言和西方的"fable"作为同一文体，用以表达某种训诫。此后，寓言作为一种独立的文体出现。相较其他文体，儿童不容易理解寓言，故为儿童创作的寓言比较少，一般从成人寓言中选取一些适合儿童理解的寓言给他们阅读。

寓言的世界三大发源地：古希腊、印度和中国。古希腊作为欧洲寓言的发源地，公元前 6 世纪就出现了著名的《伊索寓言》，开创了西方寓言的先河。《伊索寓言》涉及社会、人生、道德和伦理等各方面，体现古希腊人民的聪明和智慧，对后世产生巨大影响。《伊索寓言》一般在文末直接揭示寓意，方便读者理解。《伊索寓言》中以动植物为主人公的寓言较容易为儿童所理解。

印度寓言主要由民间寓言和佛经寓言构成，以《五卷书》《百喻经》《佛本生故事》等为代表，对世界寓言的影响十分突出。印度寓言的主要特点：一是大量的寓言与宗教相联，夹杂着宗教教训；二是借助动物世界的关系映射人类社会；三是结构新颖，一个主干故事首尾呼应，每卷各有一个故事主干，同时还插入、串联许多小故事，环环相套，形成"枝蔓式"的结构形式，编织成一个庞大的故事集。

中国寓言产生于先秦时期，这时期的寓言主要立足哲理和政治主张，有较多的寓言流传下来。两汉时期的寓言数量不多，质量也不高，主要见于刘向的《说苑》、刘安的《淮南子》等。魏晋南北朝时期的寓言没有明显发展，但以痴愚者为主角的民间笑话加盟于寓言，丰富了寓言的表现手法。唐宋时期的寓言讽刺特色加强而哲理性减弱，以柳宗元的《三戒》最为突出。元明清时期的寓言冷嘲热讽的笑话增多，作品较前代多，有刘基的《郁离子》、刘元卿的《贤奕编》、冯梦龙的《笑府》等。中国寓言中一般不直接揭示寓意，但一些故事浅显的寓言容易为儿童所接受，例如柳宗元的《三戒》。

二、儿童寓言的特征

法国作家拉封丹说："一个寓言可以分为身体和灵魂两部分，所述的故事好比是身体，所给予人们的教训好比是灵魂"，强调寓言离不开故事与寓意。从这个意义上看，寓言的构成主要有故事与寓意，由于儿童读者的特殊性，儿童寓言具有以下特征。

（一）承载寓意的故事简单易懂

著名儿童文学家严文井这样解释寓言："寓言是一个怪物，当它朝你走过来的时候，分明是一个故事，生动活泼；当它转身要走开的时候，却突然变成了一个哲理，严肃认真。"寓言是以故事作为载体的，通过故事表现寓意，刚开始阅读认为寓言是一个故事，阅读结束后却发现故事蕴含着道理，说明寓言的故事具有比喻作用。儿童知识能力低、社会阅历少，承载寓意的故事应简单易懂，才容易被儿童理解，才可能理解寓意。例如德国作家莱辛的《土拨鼠和蚂蚁》：

案例 5 -1

土拨鼠和蚂蚁

[德] 莱辛

一只土拨鼠看到蚂蚁们在忙忙碌碌地收集着过冬的粮食，忍不住嘲笑道：

"你们这些可怜的蚂蚁哦，整个夏天花费不少的力气，才辛辛苦苦地收集到这么一点点的食物，值得吗？你们还是应该去看看我的储藏，是多么丰富哦！"

一只蚂蚁听到了他的话，回答道：

"如果你储藏的食物总是比你需要的要多得多，那么会有这样的一天，人们把你从洞里挖出来，把你的粮库搬空，让你为自己的这种强盗式的贪婪付出生命的代价。为贪婪赎罪是再正确不过的事情了！"

这个寓言在末尾揭示寓意，儿童可能并不理解"为贪婪赎罪"是什么意思。但故事内容却非常浅显，通过土拨鼠与蚂蚁的对话，儿童能感受土拨鼠的"不劳而获"，也能理解蚂蚁对他的戏诫，因此就能理解寓意：不劳而获的人终究没有好下场。可见，寓言中简单易懂的故事，是儿童理解寓意的基础。

（二）寓意切合儿童的生活经验

寓言通过寓意给读者以启迪，从中认识哲理或教训，因此，寓意是寓言的灵魂，能给人以启示。儿童成长过程就是学习的过程，由于社会阅历少，儿童寓言所揭示的寓意应切合儿童的生活经验，使儿童从中认识生活道理，给他们以启迪。寓意可以放在开头，或者结尾，或者不直接揭示寓意，让儿童自己归纳。例如《五卷书》中的寓言《贪婪的豺狼》：

案例 5 - 2

<h2 style="text-align:center">贪婪的豺狼</h2>

在一个地方，有一个猎人。一天，他出去打猎。正当他向前走的时候，他碰到了只野猪，野猪的样子就像一座山的山顶，高大雄壮。猎人看到了它以后，他把弓拉满，一直拉到耳朵边。于是，他就用尖锐的箭射中了野猪。那一只野猪中箭后大为发火，冲过来，用像新月一样发亮的獠牙把猎人的肚子挑开了。这个猎人就倒在地上，没有气了。野猪把猎人杀死以后，它自己也因为受了箭伤，痛死了。

这时候，有一只豺狼，东逛一逛，西逛一逛，晃里晃荡地走到这个地方来了。它看到了那只野猪和那个猎人都死了，心里十分高兴，想道："我的运气不坏呀！它给我带来了这么些没有想到的食品。我现在要怎样安排吃这些肉，使得我几天之内都有肉吃呢？我现在先吃弓尖上的这些筋，我先用两个蹄子慢慢地把它抓起来。"它这样想过之后，就把弓的尖放在自己的嘴里，开始吃那一些筋。弓弦咬断了，弓的尖端穿透了它的上颚，就像是一绺头发一样，从头顶上钻了出来，它也就痛死了。

因此，人们说：过分贪得无厌是没有好结果的。

这则寓言通过豺狼吃野猪的故事揭示贪婪带来的后果，寓意切合儿童的生活经验，因为吃是儿童最喜欢的事情，今天吃什么？怎么吃？吃多少？这是儿童生活中经常讨论的问题。这则寓言把寓意放在结尾，方便儿童理解。

（三）篇幅短小

郑振铎说："寓言是很简陋的文体，并没有反复的内容；叙述直截而简明，教训也浅露而不稍含蓄"，说明寓言篇幅短小，它往往截取最具代表性的片段进行概括、提炼，以便将深刻的道理浓缩在短小的故事里。因而，儿童寓言里的故事并不像儿童故事一样完整，或者像童话一样注重离奇的故事情节，只把代表寓意的故事部分表现出来。例如金江的《玻璃窗》：

案例 5 - 3

<h2 style="text-align:center">玻璃窗</h2>
金江

严寒的冬天。

太阳光通过玻璃窗照到房里，使室内充满了温暖。

北风也想跑进房里，可是被玻璃窗挡住了。

北风生气地问："岂有此理，为什么让阳光进去，不让我进去？"

玻璃窗回答："凡是人们所爱的，我让它过去；凡是人们所厌恶的，我绝不让它过去。"

这则寓言篇幅短小，没有像儿童故事一样把故事说完整，也没有像童话一样描写离奇的情节，只把最能表现寓意的部分表现出来。而最能代表寓意的地方就是玻璃窗的回答：凡是人们所爱的，我就让它过去；凡是人们所厌恶的，我绝不让它过去。这个寓意实际也代表了玻璃窗的作用，即挡住对人们有害的东西。如果作为儿童故事或童话，必然有进一步的情节，如北风听了玻璃窗的话后作何反应？他们之间还会有什么样的故事发生？寓言则省略了这些情节，把寓意表现出来就戛然而止，不考虑故事的后续，这正是寓言篇幅短小的原因。

三、儿童寓言与童话的区别

儿童寓言与童话都源自神话与传说，都具有虚构性，广泛使用比喻、拟人与夸张等手法，二者有很多相同之处。一些讽喻性的童话与儿童寓言比较相似，例如金近的《小猫钓鱼》。有些篇幅较长、情节完整、人物性格较为丰满的儿童寓言故事，也可以看作是童话，例如达·芬奇的《金翅雀》。但这并不能把儿童寓言等同于童话，两者在艺术上还是存在着差异。

（一）主题设置重点不同

儿童寓言具有较强的教育意味，故事设置的重点是揭示寓意，让儿童在阅读故事中感受寓意的教育性，并引以为戒。童话则是为了满足儿童的幻想思维，让他们在虚构的故事中体会快乐，因而，童话故事的设置重点是怪诞离奇，引发儿童的兴趣，表现精神的狂欢。

（二）思维方式不同

儿童寓言把现实中具有教育意义的道理通过虚构的故事表现出来，侧重于理性思维，具有较强的逻辑性。童话思维则较为涣散，追求天马行空的想象与似是而非的幻想，不关注逻辑是否合理。

（三）情节构架不同

儿童寓言在情节构架上不注重完整与否，只要情节揭示寓意即戛然而已，不再叙述后面的故事，因而，情节构架上体现抽象化的特点。童话非常注重故事情节的发展，注重细节描写，追求情节的复杂多变，情节构架上体现具象化的特征。

第二节　儿童寓言的欣赏

寓言以揭示寓意为目的，相对而言，儿童寓言的阅读情趣不如其他儿童文学体裁，因而，儿童阅读寓言的满足感不强，阅读兴趣也较低。欣赏儿童寓言最重要的是把握故事内涵，引导儿童体会寓意。

一、解读儿童寓言中的故事

儿童寓言是通过故事来揭示寓意的，理解故事内涵即可理解寓意，因而，解读故事是欣赏儿童寓言的重要手段。故事一般有两个以上的角色，即使只有一个角色，也有本我与自我，解读故事就是理清角色之间的矛盾，并找出解决矛盾的方法。例如陈伯吹的《鹬蚌不争》：

案例 5−4

鹬蚌不争
陈伯吹

鹬的尖嘴啄住了蚌，蚌的双壳钳住了鹬，彼此相持不下，老渔翁跑过来，不费力气地把它们逮回去关在矮棚里。外面回响着霍霍的磨刀声。

鹬嚅嚅地说："你放了我吧，外面在磨刀哩！"

蚌瓮声瓮气地说："是谁先动武？今天你死我亡——这叫作两败俱伤！"

鹬松开了嘴，说："是我不对，先侵犯了你，请你原谅我吧！——如今相拼而死，相助而生……"

蚌不等鹬说完，接着说："你懂这道理就好，不过，还要看实际行动。"

矮棚的门突然打开，老渔翁持刀进来。在这千钧一发的紧急时刻，鹬昂首奋起，长嘴巴对准老渔翁，使劲拍着小白斑点的灰色翅膀。

老渔翁大吃一惊，紧闭眼睛，手忙脚乱，刀也掉了。等他定一定神，睁大眼睛时，鹬早已飞远了，蚌也挂在鹬的脚上一起飞走了，他怎么也赶不上了。

这则儿童寓言的寓意是相助而生，如何引导儿童理解寓意？重要的是解读故事。故事有两个角色——鹬和蚌，鹬蚌相争被渔翁都抓回去了。两个角色的矛盾在于"要不要松口"，如果两人都松口就有逃脱的可能，可谁先松口？鹬首先意识到自己的错误，不该对蚌先动武，于是他松开嘴向蚌道歉，并向渔翁发起攻击。渔翁大吃一惊，紧闭眼睛，手忙脚乱，刀也掉了，鹬趁机带着蚌飞走了。两人死里逃生是因为双方都意识到松口且互相帮助才能脱离险境，由此儿童便理解"相助而生"的寓意了。

二、联系生活理解寓意

儿童的思维是具体形象的，欣赏儿童寓言应把其中的故事与儿童生活联系起来，唤醒儿童的生活经验，引导他们通过移情感受故事，体会故事角色的感受，就能较好地理解寓意。例如林思思《枫叶的叹息》：

案例 5 – 5

枫叶的叹息

林思思

秋风吹来，一片枫叶旋转着飘落下来。

他慢慢睁开眼睛，看着森林里多彩艳丽的百花，叹息道："我没有花朵们姣好的容貌，不能为秋天增添美丽。"

他随着风儿飞过麦田，看见了那一片金黄，叹息道："我没有稻穗的饱满，不能为秋天结出果实。

他飞过了湖泊，看见了那一片清澈，叹息道："我没有水流的甘甜，不能为秋天带来润泽"。

他一路飘荡，一路叹息，终于在郁郁不平中跌落在地，化为黝黑的泥土。可是，自卑的枫叶，却不曾想到，他是孩子眼中秋天的颜色，是画家眼中秋天的舞蹈，是歌唱家眼中秋天的音符。

人生的路上，不要总是妄自菲薄，要相信自己的价值。

这则儿童寓言结尾揭示寓意：人生的路上，不要总是妄自菲薄，要相信自己的价值。这个寓意对儿童来说太难理解了，什么是妄自菲薄？这个词出自诸葛亮的《出师表》，大部分儿童都没读过《出师表》，而且也读不懂。寓意是蕴含在故事当中的，联系生活理解故事就能引导儿童认识与理解寓意。首先，引导儿童了解枫叶郁郁而死的原因在于他的自卑：枫叶看到多彩艳丽的百花、金黄色的麦田、清澈的湖泊，却感叹自己"不能为秋天增添美丽""不能为秋天结出果实""为秋天带来润泽"，没有意识到每个人都是别人眼中的风景，都有各自的优点与不足。其次，让儿童说说自己的优点，这些优点给自己的生活带来什么好处？最后，鼓励儿童利用自己的优点帮助别人，感受自己的价值。这样，儿童就能认识与理解"相信自己价值"的寓意，增强了自信心。

三、明确儿童寓言的一事一理

儿童寓言目的在于揭示寓意，寓意是蕴含在故事当中的。儿童学习特征与简单易懂的故事特性，使儿童寓言在结构上采用一事一理的写法，即一则儿童寓言阐述一个浅显的道理。因此，欣赏儿童寓言应引导孩子理解故事内涵，明确儿童寓言的一事一理。例如寓言《小树林和火》：

案例 5－6

小树森和火

冬季，在一片小树林边，一堆火在燃烧着。这堆火应该是过路人留下来的，他们忘记了把火熄灭。

渐渐地，火苗越来越小。如果不添柴火，很快就会熄灭。眼看自己将要熄灭，这堆火就对小树林说道：

"亲爱的，有一个问题请教你：你的命为何这样悲惨？光秃秃的身躯，连一片树叶也没有，你这样会不会冻死？"

小树林回答说："冬天的时候，我全身都被积雪盖住，既不会发芽，也不会开花。"

"这算不了什么。"火接着说，"只要咱俩交上朋友，我就会帮助你。我是太阳的兄弟，就算是在冬季，我的能力也可以和太阳匹敌。你不妨去温室问问：我究竟充当了一个什么样的角色？当冰天雪地的时候，温室里却开着娇艳的花朵，结着丰硕的果实——这些都是我的功劳。当然，自我吹嘘并不好，实际上我也不爱吹嘘，只是我的本事确实不比太阳差。你看，虽然太阳此时高傲地发着光，但是直到它落山依然没有办法融化这冰封的大地。但是你看我，只要冰雪一靠近我，马上就会融化。在这冰天雪地的冬季，如果你想像春夏时一样苍翠，只需要你给我一席之地。"

事情就这样商定了，一股火苗趁机窜进了树林里。火苗可不会打盹，它沿着大大小小的树枝飞窜，滚滚黑烟直冲向天空。熊熊烈焰瞬间就把整个树林全都包围了，这片树林就这样全都被烧毁了。曾经是过路人在炎热夏季避暑歇凉的地方，如今只剩下一个个被烧焦的树桩。

引导儿童欣赏这则寓言时，应先引导儿童思考：这则寓言讲了一个什么故事？阐明一个什么道理？这样，儿童就明白了阅读的目标。通过阅读儿童可能会说这是火为了保住自己的性命，编假话骗小树林和他交朋友；儿童可能也会认为这是小树林想在冬天也能像夏天一样苍翠。两种说法的结果都是火计谋得逞、小树林被烧毁，造成这个结果的原因是火不诚实，没有遵守自己的诺言，因此，这则儿童寓言的寓意是教育儿童要相信自己的判断，不要被花言巧语所蒙骗。

第三节　儿童寓言的创作

揭示寓意是儿童寓言的目的，因此，创作儿童寓言应先考虑需要传达什么寓意，再根据儿童寓言的特征编创承载寓意的故事。具体说来，儿童寓言的创作可通过以下方法进行。

一、从儿童视角出发确定寓意

寓言是先有"意"后有"言的"，因"意"而生"言"，寓意是寓言的灵魂。因此，创作寓言应先确定寓意。有了寓意就相当于确定了目标，创作寓言时就有明确的写作范围。由于阅读对象的特殊性，儿童寓言的寓意确定应考虑儿童的接受能力，从儿童的视角出发，用他们能理解的方式表现寓意。例如先确定寓意"坚持就是胜利"，然后围绕寓意创作《小蜗牛喝露水》：

案例 5-7

小蜗牛喝露水

清晨，下了一场大雨，小蜗牛从壳里探出头来，发现树叶上有好多晶莹的水滴。小蜗牛想："这是多么新鲜的露水呀，一定很清甜，我要爬上去喝这么新鲜的露水。"

于是，小蜗牛背着房子往树上爬，湿漉漉的树干爬起来真费力，爬三步就退一步，爬了半天，还在树根底下。小蜗牛有点丧气，可是一想到清甜的露水，小蜗牛就有了力气。他爬呀爬呀，爬了三天，终于爬到树叶旁。可是之前看到的大露水不见了，却发现叶子上有许多的新生露珠。

小蜗牛吞下了一颗露珠，"呀，真甜呀，这是我喝过的最甜的露水了！"

这个故事说明，只要坚持就能完成自己的心愿。

蜗牛是儿童熟悉的动物，选取小蜗牛作为主角，容易为儿童所理解。蜗牛走路很慢，创作小蜗牛爬树喝露水的故事，能较好地阐述小蜗牛的坚持与努力。最后，小蜗牛爬到树叶旁边喝到了新鲜的露水，完成了自己的心愿，儿童从小蜗牛身上看到了坚持的结果，自然而然地理解了寓意。而为了方便儿童接受，寓意并没有用"坚持就是胜利"这种理性的句子，而是用"只要坚持就能完成心愿"这种生活化的语言。

二、运用简洁而富有表现力的语言讲述故事

谭达先在《中国民间寓言研究》中提道："寓言的篇幅一般比较短，叙述和描写时，很少用繁冗松散之笔；语言非常准确、精练、生动，在一篇故事中有的语言还具有特殊的幽默感、风趣性和寓意性。"儿童寓言的目的不是描述，而是表达寓意，对客观事物的描写都是为寓意服务。寓意要为儿童所接受，应运用简洁而富有表现力的语言来讲述故事，即用动作性的语言、比喻、对比与夸张等修辞手法创作寓言。

案例 5 - 8

急转弯
凡夫

一辆敞篷汽车飞驰着，车上坐满了乘客。

在一个急转弯处，几个乘客被抛出车厢，躺在地上直哼哼。

一个骂道："这鬼车真该栽到崖下去，到拐弯的地方也不减速！"

另一个骂道："这公路真混账，一路笔直，到这儿却突然拐个弯儿！"

第三个骂道："这开车的家伙真是冒失鬼，迟早会被摔死的！"

"你们还是别怨天尤人吧！"路边的一棵白杨树说，"据我观察，凡是在拐弯处被抛下车的，十有八九都是因为自己没有站稳脚跟。"

这则儿童寓言通过几位乘客在急转弯被抛出车厢的故事，故事采用拟人手法，通过白杨树之口点明寓意。故事情节较为简单，用白描手法写三个乘客被抛出车厢后，把责任推到汽车、公路和司机身上，却没想到自己也有责任，那就是没绑安全带。故事还采用生活化的语言，如"哼哼""混帐""拐个弯儿""冒失鬼""站稳脚跟"等，都是生活化的语言。因此，故事也容易为儿童所理解。

三、弱化儿童寓言与读者的距离

从审美体验看，儿童阅读童话与儿童故事容易产生情感冲击，容易把自己代入故事里，产生错位幻觉。儿童寓言是理性的，寓意目的是让儿童受到一定的启迪与教育，容易使寓言叙述与儿童阅读审美反应之间产生距离，使儿童产生这样的错觉：阅读寓言就是找出寓意。在阅读寓言时，儿童往往把精力放在句段的揣摩上，忽略故事角色的体验，使阅读成为一种任务。儿童寓言作为一种文学体裁，应体现儿童对文本的参与，有体验文本情感的活动，才能获得审美的愉悦。因而，在创作儿童寓言时，应弱

化儿童寓言与读者的距离，使他们之间产生"审美转换"，不要让儿童抱着"找寓意"的任务去阅读寓言，而是真正被寓言所吸引。

案例 5 – 9

老羊病了

金江

老羊得了重病，小羊们都非常着急，都主张请医师来治病。

可是请哪一个医师来治呢？

小白羊主张请牛大夫来医治。

小黑羊主张请马医师来医治。

小花羊主张请狗博士来医治。

从太阳上山一直争论到太阳下山，意见还是不能统一。

老羊却已吐出最后一口气，伸直腿死了。

这则儿童寓言写的是老羊病重，小羊们急着要请医生，但对请哪位医生却争执不下，以致耽误了时间，要了老羊的命。这则儿童寓言的寓意是办事要分清主次。儿童在阅读这则寓言时，不容易抱着"找寓意"的任务去阅读，为什么呢？因为故事角色较多，矛盾高度集中，分散了儿童的注意力，更关注故事最后请了哪个医生，而老羊的死，让儿童知道救人才是最重要的，吵来吵去没有用，自然理解了寓意。

由此看来，适当弱化儿童寓言与读者距离的方法，就是创作寓言时增加故事角色，使矛盾高度集中，使儿童在阅读中"分散"找寓意的注意力，把自己代入角色。

◎ **知识回顾**

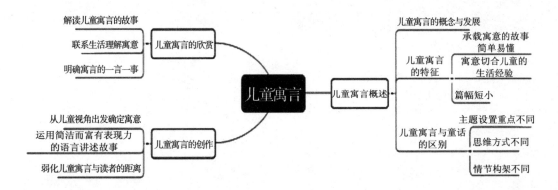

◎ **实践练习**

1. 如何欣赏儿童寓言？

2. 请在下面的词语中任选 5 个作为故事角色，创作一则儿童寓言。

小草、沙粒、水珠、大象、阳光、森林、月亮、小溪

第六章 儿童故事

◎ **学习要点**

　　◇ 认识儿童故事的含义和特征，知道儿童故事的类别。

　　◇ 学会欣赏儿童故事，能创编简单的儿童故事。

　　◇ 阅读儿童故事，感受儿童故事的乐趣。

◎ **问题导入**

小熊洗澡

韦苇　译

　　一个猎人在林间小河的堤岸上走着，突然听得树枝咔嚓一声响。猎人一惊，他想，准是有什么猛兽在不远的地方。于是他三下两下爬上了树，在树上向四面细细观察。

　　从密林里走出一头大黑熊，是熊妈妈，后面跟着两头小熊。它们在河岸上走着，小熊可开心啦！

　　熊妈妈停下来，用牙齿叼起一只小熊的脖子，直往河里扔。小熊尖叫着，四脚乱蹬，但是熊妈妈不马上将小家伙扶上岸来，直到小熊洗得干干净净，熊妈妈才让小熊爬上岸来。

　　另一只小熊怕洗冷水澡，就往林子里撒腿溜跑了。

　　熊妈妈追上小家伙，啪！打了它一巴掌，接着像叼前一只一样，叼起来扔进了水中。

　　两只小熊洗过澡，爬上岸来。这样闷热的天气，它们还披着厚厚的绒毛，凉水使它们爽快透了。

　　母熊带着小熊洗完澡，又躲进了森林，这时猎人才从树上爬下来，回家去。

　　问题：

　　1. 这个故事有什么特点？

　　2. 请你生动地向小朋讲述这个故事。

第一节 儿童故事概述

儿童正处于语言发展的关键期，喜欢新鲜事物，喜欢说话，喜欢丰富多彩的生活。听故事能增长见识，满足好奇心，为树立正确的价值观奠定基础，因此，培养儿童听讲故事、学说故事，对他们的成长起着非常重要的作用。

一、儿童故事的概念与发展

日本早期教育的鼻祖木村久一说："对于儿童，没有比讲故事更为重要的了，因为孩子是这个世界的生客，这个世界对他来说是一个一无所知的世界，所以应尽早让他知道这个世界，越早越好；为了让孩子知道这个世界，最好的媒介就是讲故事了。讲故事不仅能让孩子扩展知识，同时也能丰富词汇。"儿童故事作为一种叙事文学，非常讲究叙述的方法和技巧，应根据不同对象采用不同的叙述方法。对儿童来说，结构单一、情节生动、语言通俗易懂的故事符合他们的听讲要求，因此，儿童故事是指篇幅短小、内容单纯有趣，情节完整连贯、适合低幼儿童听讲和阅读的叙事文体。

儿童故事主要取材于儿童生活，也可取材于自然万物。古代没有专门为儿童创作的故事，大量适合儿童听讲的民间传说广为流传，就成为了最早的儿童故事，如《女娲补天》《精卫填海》《后羿射日》《大禹治水》等。1909 年《儿童教育画》创刊标志着我国以儿童为对象的故事刊物开始出现，此后，各种适合儿童听讲的故事陆续刊登，从事儿童故事创作的作家开始增加，如陈伯吹、班马、冰波等。中华人民共和国成立后，儿童教育受到关注，儿童故事创作出现不少优秀作品，但其情节结构、语言表述、主题思想等方面，并未脱离民间故事的大体范畴，三段式、对比式、重复式的结构模式，依然是儿童故事的常见形式。

二、儿童故事的特征

1. 主题具有一定的教育意义

儿童具有强烈的求知欲，喜欢质疑，不能直接理解抽象的知识，主要通过表象了解事物，为此，儿童故事把社会生活中各种各样的知识整合在形象化的故事之中，儿童在听讲中认识事物和知识。儿童文学家野军说："对低幼儿童文学作品的写作，三十多年来，我坚持强调，作品除了文学性，还应该注重社会效果，也就是作品的教育性，要给小读者写反映'真、善、美'的故事和童话。"儿童思想单纯，容易接受故事中人物、事件和行为的暗示，有教育意义的儿童故事能培养他们良好的价值观。

案例 6－1

胖乎乎的小手
望安

全家人都喜欢兰兰画的这张画。

爸爸刚下班回来，拿起画，看了又看，把画贴在了墙上。兰兰不明白，问："我只是画了自己的小手啊！我有那么多画，您为什么只贴这一张呢？"

爸爸说："这胖乎乎的小手替我拿过拖鞋呀！"

妈妈下班回来，看见画，笑着说："这胖乎乎的小手给我洗过手绢啊！"

姥姥从厨房出来，一眼看见了画上红润润的小手，说："这胖乎乎的小手帮我挠过痒痒啊！"

兰兰明白了全家人为什么都喜欢这张画。她高兴地说："等我长大了，小手变成了大手，它会帮你们做更多的事情！"

这篇故事的主题是鼓励孩子做力所能及的事情，具有一定的教育意义。小手是儿童最熟悉的身体部位，对儿童生活的帮助很大。这个故事描写兰兰用小手帮助家人干活，是一双能干的小手：这双小手帮爸爸拿过拖鞋，帮妈妈洗过手绢，帮姥姥挠过痒痒，重要的是，兰兰还把它画了下来。兰兰不明白为什么爸爸把这幅小手的画贴在墙上，听长辈夸了这双小手的功劳后，孩子明白了：小朋友应该做力所能及的事情，培养爱劳动的好习惯。所以兰兰说："等我长大了，小手变成了大手，它会帮你们做更多的事情！"体现故事对孩子的教育作用。

2. 故事完整有趣

著名的儿童文学家陈伯吹说："趣味是儿童故事的基础。一个好的儿童生活故事，不仅要有鲜明的主题，生动的人物和情节，还应当有浓郁的儿童情趣，让小朋友们听了之后，发出亲切的笑声，感到愉快。"有趣的故事能吸引儿童注意力，让他们集中精神听讲故事。儿童的逻辑思维不够发达，把握事物内在结构的能力较弱，完整连贯的故事符合他们的思维特点，调动感觉器官，运用已有的经验理解与迁移故事，容易使儿童得到精神上的满足。

案例 6－2

小毛毛照镜子
陈建设

爸爸抱起小毛毛，来到了大镜子跟前，大镜子里也有一个和小毛毛一模一样的小毛毛，两个小毛毛你看看我，我看看你，都笑了。

爸爸说："小毛毛，把你的甜果果送给他吃吧。""不，不。"小毛毛连连摇着小脑袋，大镜子里的小毛毛也连连摇着小脑袋。

小毛毛吃着甜果果，大镜子里的小毛毛也吃着甜果果。

爸爸又说："好毛毛，你送给他甜果果，他也会送给你甜果果。"小毛毛想了想，慢慢地把甜果果送过去，大镜子里的小毛毛也把甜果果慢慢地送过来，两个甜果果慢慢地碰到了一起，两个小毛毛都笑了。

这是一个单纯有趣的儿童生活故事，故事通过对镜子里外两个小毛毛相同动作的描写，以及两个小毛毛"摇头——吃甜果果——送甜果果——笑"等情节的变化，巧妙引导儿童了解镜子的特性，引导儿童学会分享，感受分享的快乐。

3. 语言明白易懂

儿童故事的主要接受对象是低幼儿童，他们语言水平低，主要通过听讲了解故事，为了便于儿童讲听，故事语言应明白易懂。多用短句，不用或少用复句，运用拟人或比喻增加语言的形象性和趣味性。合理运用动词、形容词与拟声词，增强故事的画面感，使语言生动形象，富于吸引力。

案例 6－3

棉鞋里的阳光
野军

早晨，阳光照到了阳台上，妈妈在给奶奶晒棉被。小峰问妈妈："奶奶的棉被一点儿也没有湿，干吗要晒呢？"

"棉被晒过了，奶奶盖上会更暖和。"妈妈说。

"为什么呢？"小峰问。

妈妈说："棉被里有棉花，让阳光钻进棉花里，你说暖和不暖和？"

吃过午饭，奶奶要睡午觉，妈妈收了棉被铺到床上。奶奶脱下棉鞋，躺进被窝，说："这被子真暖和。"她舒服地合上了眼睛。

奶奶睡着了。小峰想：奶奶的棉鞋里也有棉花……于是，他轻轻地把奶奶的棉鞋摆在阳光晒着的地方。

奶奶醒了，小峰把棉鞋放回床前。奶奶起床了，把脚伸进棉鞋里，奇怪地问："咦，棉鞋怎么这么暖和？"

小峰笑了笑，说："奶奶，棉鞋里好多阳光呢！"

晒棉被是冬天的常见现象，这则故事描写妈妈晒棉被、小峰帮奶奶晒棉鞋的事情。情节非常简单，语言明白易懂。全篇都是短句，运用动词"晒""钻""收""躺""伸"，表现故事的发展过程，而"轻轻""奇怪""暖和"等形容词则表现出小峰对奶奶的爱护之情。儿童在听讲中认识了阳光的作用，学会尊敬老人、爱护长辈。

三、儿童故事的类别

儿童故事有不同的类型，可以从不同的角度划分。从内容角度划分，儿童故事可分为儿童生活故事、儿童动物故事、历史故事与科学故事；从创作者角度划分，儿童故事可分为民间儿童故事与创作儿童故事；从表现角度划分，儿童故事可分为图画故事与文学故事。

（一）儿童生活故事

儿童生活故事是儿童故事中最常见的内容，指取材于儿童生活，反映他们周围生活的故事。生活故事与儿童联系最为密切，或取材于儿童家庭生活，或取材于儿童社会生活，或取材于学校生活，把这些生活点滴记录起来，就是儿童生活故事。

案例6-4

只哭一点点
圣野

军军没有玩够，有点儿不开心，要哭。他对外公说："我只哭一点点。"

军军哭的时候，用两只小手捂着嘴巴，把声音捂小了。

军军说："声音哭得小，妈妈听不见。哭大了，妈妈就要听见了。"他怕妈妈听见会伤心。

军军哭了一小会儿，觉得已经哭够了，就对外公说："我哭好了。"

外公仔细地看了看，军军的眼睛里没有一滴泪水，外公放心了。

儿童在生活中哭闹是很正常的事情，这个故事却把儿童的哭写得很有趣。军军没玩够有点不开心，要哭，又担心妈妈听见会伤心，于是，他想了个办法：只哭一点点。他捂着嘴巴小声哭了一会儿，觉得哭够了，就对外公说"我哭好了"，外公仔细看了看，军军的眼睛里没有一滴泪水，外公放心了。故事中的军军是一位很爱妈妈的孩子，外公则是一位有趣的长辈，爷孙俩的行为表现了家庭成员之间互相关爱的情怀。

（二）儿童动物故事

儿童动物故事指以动物为主人公，描写它们的体态、习性，或描写他们身上发生的故事，这些故事是适合儿童听讲与理解的。例如《兀鹰为什么是秃的》：兀鹰是一只羽毛并不美丽但也不难看的飞禽，当它换羽毛的时候，每只鸟都送给它一根羽毛。于是，兀鹰拥有一身五颜六色的羽毛。兀鹰骄傲了，它想统治鸟类。愤怒的鸟们收回了自己的羽毛，并纷纷用嘴啄它，使它变得光秃秃的，成了又老又丑的秃鹰。这则儿童动物故事，在语言表达上迎合儿童的阅读要求，以短句为主，语言精练、富有童趣。但要注意的是，儿童动物故事不等于童话，大多数情况下，童话的主人公也是动物，但童话中的动物多以拟人手法赋予人性，可以开口说话。儿童动物故事中的动物则一般不开口说话，多用白描手法来表现故事内容。

案例 6 – 5

鼠兄弟大战

一天晚上，两只老鼠在洞口望着熟睡的主人贝贝在床边的两只鞋和脱衣服时不小心掉在地上的 100 元人民币，心中不禁一阵窃喜。

这两只老鼠是亲兄弟，大老鼠叫鼠老大，小老鼠叫鼠老二。鼠老大眼疾手快，一下拿起 100 元人民币，洋洋自得。鼠老二见了，冷不防一把夺走了鼠老大手中的 100 元钱。鼠老大也不甘示弱，扯住 100 元人民币的另一半，互相争起来。

这时，鼠老二猛一松手，鼠老大猝不及防一下子碰在了墙上，撞得他两眼直冒金星。鼠老二趁机夺过钱往老鼠密道跑去，这是鼠爸爸生前专门为兄弟俩设计的。只见鼠老二用手指按了下指纹，一扇大门就打开了。鼠老二抱着人民币走进去，连忙关上门。

鼠老大很快就清醒了，他连忙紧随其后，他们在密道里打了起来，鼠老大身体敏捷，一个勾腿把鼠老二勾倒在地，一把抢走了 100 元人民币。鼠老二不服输，一记拳头又把鼠老大打得晕头转向，找不着东西南北。

鼠老大恼羞成怒，他把钱放在地上，两个亲兄弟开始了一场你死我活的战斗，你一拳，我一脚，你一腿，我一掌，他俩两败俱伤。鼠老大见难分胜负，拿起 100 元就往回跑，鼠老二紧跟其后。

不想他们又跑回了主人的卧室里，这时主人醒了，他看到老鼠手里的 100 元人民币，拿起扫帚就朝他俩打去，不一会，两只老鼠就一命呜呼了。

这则儿童动物故事描写两只老鼠抢夺人民币的过程，虽然赋予两位鼠兄弟以人性，如用"松手""拿""清醒""恼羞成怒"等富有人性的动作语言，描述鼠兄弟争抢的过程，但全篇都没有鼠兄弟的对话，与童话中动物开口说话是不一样的。

（三）民间儿童故事

民间儿童故事指在民间口耳相传、适合儿童听讲的短小故事。民间儿童故事一般是集体创作的，没有明确的作者，具有较强的趣味性，以体现聪明人物的故事为多。民间儿童故事的时间地点都比较模糊，一般用"从前""古时候""很早以前"等表示时间，以"一个村庄""一座城堡""乡下"等表示地点。儿童故事中的人物类型化，常以人物身份代替姓名，如"地主""长工""货郎"等。

案例 6 – 6

两个媳妇

从前有个卖油郎，娶了个会过日子的好媳妇。她每天把丈夫卖的油偷偷地舀出一勺装在坛子里。到了年关，丈夫唉声叹气地说没钱还债，更没有钱过年。他媳妇就把坛子里的油拿出来说："这是我积攒的油，拿去卖了好还债，剩下的钱再买一些鱼、肉，好准备过年。"卖油郎一见乐坏了，还过了个快乐的年。这件事情被一个卖历书的小贩知道了，他回家就向自己的老婆夸奖卖油郎的媳妇。卖历书的老婆听了，就记在心里了。以后她每天也偷偷地藏起一本历书，到了年底，债主上门讨债，她的丈夫也犯愁无法还债。她就把历书全拿出来说："这是我积攒的，拿去换钱还债吧？"她丈夫看见这一堆历书，真是哭笑不得。天知道，谁还肯买这过了时的历书呢？

这则民间儿童故事讲述聪明的卖油郎媳妇与愚蠢的卖历书媳妇的故事。用"从前"代表时间，没有具体的地点，用身份"卖油郎""卖历书的""媳妇"等来代表故事人物，没有个性化的姓名，故事情节简单易懂，篇幅短小，适合儿童听讲。

第二节　儿童故事的欣赏

儿童故事对于扩大孩子的知识、丰富词汇，以及良好思想品质的培养有重要作用。儿童文学家朱自强认为："语言从来不是孤立的存在，没有不具有形式和内容的语言。语言是个复杂的系统，语言学习是一种系统性学习。识字、解词都应该放在语境中在阅读中完成，而不能孤立地学习。每个字词的意思，要根据它在文本中不断出现的位置，然后去揣摩、猜测它的意思，往往是无师自通的，这是儿童学习字词的一种方式，就是在具体的语境里，通过阅读去学习。"欣赏儿童故事的过程也是语言学习的过程，在听讲过程中，儿童学会了不同语句的表达，丰富了语言词汇，感受到了儿童故事带来的乐趣。

一、感知和理解故事

"故事性"是儿童故事的本质特征，也是儿童故事的魅力所在。儿童故事的故事性主要由故事情节与人物形象构成，欣赏儿童故事就是让儿童对故事情节与人物有一个整体认识，知道故事的起因、经过及结果，因此，欣赏儿童故事的第一步是感知和理解故事。

感知和理解故事可分为两步：第一，有表情地讲述故事，或通过媒介物听赏或观看故事。这个环节主要引导儿童整体感知故事开始与结尾，即故事开始时是怎样的，结果又是怎样的。第二，提问。通过提问引导儿童了解故事中的人物，感知情节发展的主要脉络，理解故事的起始、发展、高潮和结尾。

案例6-7

点点爱去幼儿园

点点三岁了，妈妈带她去幼儿园，她不想去，一路上噘着小嘴。

她们经过一棵大树，树枝上落满五颜六色的小鸟，叽叽喳喳唱着歌。妈妈说："这里是小鸟的幼儿园。"小鸟说："幼儿园里很快乐。"

经过一片绿草地，草地上有雪白雪白的兔子在做游戏。妈妈说："这里是小白兔的幼儿园。"小白兔说："幼儿园里很快乐。"

经过一片小树林，树林里有漂漂亮亮的梅花鹿在玩耍。妈妈说："这里是梅花鹿的幼儿园。"梅花鹿说："幼儿园里很快乐。"

这里是什么地方？有的小朋友在唱歌，有的小朋友在做游戏，还有的小朋友在上课学习。

原来这里就是小朋友的幼儿园。点点说："这里真好。"她放开妈妈的手，高高兴兴地走进去了。

引导儿童欣赏这则故事时，教师可先介绍故事名称，然后有表情地讲述故事，再和儿童一起回忆故事中小动物的话，并提问：小动物在幼儿园里高兴吗？它们都说了什么？引导儿童从整体上了解故事内容。接着再细化提问：点点和妈妈在去幼儿园的路上都碰到了谁？它们在做什么？说了什么？儿童通过回忆和思考，对故事内容就有了进一步的理解。

提问是引导儿童感知和理解故事最常用的方法，通过提问引发注意，引导想象与思考。对于不同年龄段的儿童，问题设置应有所不同：小班的提问一般以封闭性问题为主，儿童通过简单回忆即可找到答案，如《点点爱去幼儿园》中的问题。中班的提问一般以半封闭性问题为主，儿童通过简单思考便可找到答案，如讲述故事《白房子》后，可提问：有一天，三个小动物去找食物，回来发生了什么事情？为什么"绿房子不见了，黄房子不见了，蓝房子也不见了，田野上只有三间白房子"？最后三个小动物找到房子了吗？怎么找到的？大班的提问一般以开放性问题为主，儿童通过对故事的回顾，经过思考找到答案，如讲述故事《毛毛虫的鞋子》后，可提问：这个故事讲了一件什么事情？毛毛虫为什么不穿蜘蛛做的鞋子？

二、表现故事情节

感知和理解故事后，应组织相关的、必要的表现活动环节，让儿童带着故事"用眼睛去看，用耳朵去听，用脑袋去思考"，深入理解故事所表达的情感心理和精神世界，用自己喜欢的形式去表现故事，如复述故事、表演故事、绘画故事、建构故事、专题讨论等。

复述故事。复述故事是建立在感受体验故事基础上的艺术形象创造过程，旨在培养儿童用富有表现力的语言再现故事。故事复述有全文复述、分段复述和细节复述三种，可根据故事长短或情节发展需要选择。不同年级复述要求应有不同。小班儿童要到后期才能在教师的帮助下复述短小的故事，可采用教师和儿童共同复述；或教师复述开头、结尾，让儿童复述故事的主要情节；或儿童在教师有顺序的提问下进行复述；或教师通过提问的方式，帮助儿童完整复述。中班部分儿童开始也需要在教师帮助复述，以后再逐渐过渡到独立地复述故事。大班儿童能有顺序、有表情地复述，教师可根据实际提出要求，如复述要完整，没有重要的遗漏；或复述要连贯，没有长时间的停顿；或复述要运用原作的词和句子；或恰当地用同义词代替原作中的某些词（或替换句子）；或复述时发音应清晰，声音洪亮，语调富有表现力；或复述时要面向听众，站姿正确，等等。

表演故事。表演故事是通过对话、动作、表情再现故事情节的活动。儿童故事表演主要有三种形式：整体表演、分段表演与角色表演。整体表演步骤为：通过提问，分析人物形象；自由讨论，用动作表现角色；教师念诵故事，引导儿童初步表演；提供简单便于操作的道具，让儿童自行表演。分段表演的步骤为：学习一段故事后，引导儿童讨论角色的情感变化，体验角色心理，把握角色性格发展；允许诸多儿童扮演同一角色，鼓励儿童互相交流并做出不一样的动作造型。角色表演的步骤：根据故事设置场景，布置游戏角落；各个角落放置一定数量的玩具和材料，让扮演者进一步发挥和组织；儿童按意愿选择角色。这三种形式并不是完全独立的，可根据故事需要加以整合。

案例 6 - 8

今天我当妈妈
杨向红

早晨起床，妈妈对我说："小彤彤，今天我们来玩一个游戏好吗？"我说："什么游戏？"妈妈说："今天你当妈妈，我当你。"我好奇地说："我当妈妈，好啊！"妈妈说："那就从现在开始吧。"

我高兴极了，穿好衣服就跳下床，说道："妈妈，快给我叠被子。"妈妈说："今天你当妈妈了，应该自己叠被子。"我说："对了，应该自己叠被子。"我赶紧自己动手叠，叠来叠去，就是叠不好，歪歪扭扭的，难看死了。我说："当妈妈的叠被子能这么难看吗？"妈妈说："是啊，不应该是这样的，你应该重叠。"我把被子摊开，重新叠起来，这次叠得好多了。妈妈说："这才像当妈妈的样子。"

过了一会儿，我和妈妈都换上了漂亮的新衣服，妈妈还在我的头发上系了朵大红花。你猜我们要干吗呢？上动物园去玩！

我和妈妈一块在街上走着，不知哪个讨厌的小朋友在地上扔了一块香蕉皮，我不小心踩着滑了个跟头，妈妈绊在我的脚上，也摔了个跟头。我刚想哭，但一想，不能哭！今天我当妈妈了，怎么能哭呢！只好自己爬起来，掸了掸身上的土。我再把妈妈扶起来，用妈妈的口吻说："摔痛了吗？"妈妈说："不疼。"我又用妈妈的口吻说："以后走路要小心些，不要东张西望，要看着地走。"妈妈说："好的。"

我们刚进动物园，就刮来一阵大风，妈妈的纱巾被风吹跑了。我想，今天我当妈妈，还是我去捡纱巾吧，我追着风跑了好一会，终于把纱巾捡回来了。我把纱巾交给妈妈。低头一看，鞋带开了，我刚想叫妈妈给自己系鞋带，可一想，今天我是当妈妈呀，还是自己系。我蹲下来系鞋带，系了一次没系上，又系了一次，系成了死疙瘩，费了半天劲儿才解开，重系，好容易才系上了，鼻尖都冒汗了。

我和妈妈来到河马馆，馆里的人真多，一个胖叔叔的屁股正好挡在我脸前，我什么也看不见。要是平时，我准叫妈妈把我抱起来看，可是今天，我当妈妈了呀，怎么能叫妈妈抱呢！我只好站在那位胖叔叔后头，等着机会往里钻。这时幸好我身边有一位阿姨，她看我个子小，挪了挪地儿，让我钻进去。

已经是下午五点多了，妈妈说："咱们回家了。"我说："不回家，我还玩哩！"

妈妈说："不行了。"拉着我往外走。我不干，一屁股坐在地上，正想在地上打滚耍赖，可是一想我今天当妈妈了啊，怎么能不讲理呢！我赶紧站起身来，拍了拍身上的浮土，用妈妈的口气说："已经傍晚了，该回家做饭了。"

妈妈说："这不就对了。"

唉！今天我才明白，当妈妈真难啊！以后我一定要听妈妈的话。

这是一则表现母爱的故事，内容安排与设计，完全符合小朋友善于模仿、努力想成为"小大人"的纯真心理。故事写了叠被子、上动物园、看河马表演等三个情节，每一件事的发生都是按照先写"我"是小朋友的直接表现，然后意识到"今天我是妈妈"，不应该这样，最后"我"变成了"妈妈"，做大人应该做的事情。这个故事情节简单、重复，便于孩子记忆和欣赏。由于内容较多，这个故事可以把三种表演方法整合起来：整体理解故事，明确三个情节；把儿童分为三个小组，每个小组表演一个情节，每个情节由若干个儿童扮演妈妈和"我"；教师念诵故事，儿童根据故事情节表演。通过表演，儿童体会到妈妈的辛苦，理解了"当妈妈真难"的主题，能较好增进儿童对妈妈的感情。

三、编构故事

编构故事是建立在理解故事、积累大量知识经验基础上的创造性活动，主要有扩编和续编。扩编是通过想象和联想，对原故事的某些部分进行扩充。续编是让儿童根据故事的开头和发展编出结尾或者高潮部分。不同年龄阶段的儿童编构故事有不同的要求，小班编构重点是故事的结局，中班编构的重点是故事的有趣情节，大班则编构高潮部分与结局。

案例 6 – 9

小伙伴

［苏］瓦·奥谢叶娃

春游那天，到了中午，小伙伴都在吃午餐，只有玛莎站在一旁。

维加问："你怎么不吃呀？"

玛莎说："我把背包丢了，里面装着面包和矿泉水……"

维加一边大口地吃着面包，一边说："真糟糕！离回到家还有好长时间呢！"

安娜说："你把背包丢在哪儿了？真粗心！"

玛莎小声地说："我也不知道。"说着，低下了头。

安娜又说："你大概是丢在公共汽车上，忘记拿了。以后可要保管好自己的东西。"

这时，安东走到玛莎跟前，什么也没说，把夹着黄油的面包掰成两半，把大一点的放到玛莎手里，说："赶快吃吧。"

这则故事情节简单，语言朴实，通过四个小朋友之间的对话巧妙而含蓄地批评了有些孩子不愿意或想不到把自己的东西与别人分享，赞扬安东小朋友关爱他人的行为，教育孩子们要用行动帮助别人。故事适合小班儿童欣赏，理解故事后，教师可引导儿童续编故事结局：安娜拿到面包后会怎么样？维加和玛莎是什么心情？儿童在续编时会更真切体会故事主旨。

此外，欣赏儿童故事还应创设良好的环境气氛，激发儿童倾听故事的兴趣和愿望。创设安静、整洁、舒适的环境，避免嘈杂的声响、耀眼的色彩或多余的物品。安排好座位，以师幼能随时进行眼神交流为宜。讲好开场白，在故事开头有针对性地加一些"楔子"，创造一个良好的开端，以诱发幼儿倾听故事的欲望。

第三节　儿童故事的创作

故事是儿童最喜欢的文学形式，也是幼儿园运用最广的文学体裁，儿童故事渗透于一日生活之中。儿童故事运用得好，可以吸引孩子的注意力，让孩子在故事中扩充知识，培养良好的品质。儿童喜欢会讲很多故事的老师，而由于时间精力的限制，随口就能讲儿童故事的教师并不多，因此，学会创作儿童故事就成为教师必备的技能，它不仅有助于教师深入了解儿童，更有利于提高自己的专业能力。

一、收集素材确定主题

素材是指从生活中积累起来还没有做过艺术加工的原始材料。创作儿童故事应学会收集素材，大量的素材积累会拓宽创作思路。素材往往就在我们身边，只要做个有心人，注意观察生活中的儿童，多与儿童接触，就不会缺乏素材。素材越多，创作挑选的余地就越大，创作的故事就越丰富。一般来说，孩子在家庭或学校里的素材，容易引发共鸣。

有了充足的素材便可确定主题。主题是文学作品通过其形象体系显示出来的中心思想。儿童故事的主题主要有三类：道德性主题，主要引导儿童树立正确的道德观念；知识性主题，主要扩大儿童的知识来源；趣味性主题，主要让孩子在快乐中受到教育，达到寓教于乐的效果。应注意的是，因为儿童故事负有培养儿童良好品质与习惯的使命，容易陷入创作的套子：首先确立主题，再根据主题来选取材料，用主题框来剪裁材料。这样的故事教育功能过于明显，虽符合家长的教育要求，却容易缺乏乐趣，以致孩子不愿意听讲。因此，儿童故事创作要防止"主题先行"的陋习，应思考如何把素材变得有趣，再确定主题。

案例 6−10

瓜瓜吃瓜

马光复

有个小朋友，他的名字可怪了，他叫瓜瓜，就是西瓜的那个瓜。他干吗叫瓜瓜呀？原来他生下来的时候，胖墩墩的，圆滚滚的，就像个西瓜。他爸爸正想着给他起名字呢，他妈妈说：甭伤脑筋了，就叫他瓜瓜吧！

瓜瓜可爱吃西瓜啦，他一下能吃几大块，吃完了，把小背心往上一拉，挺着圆鼓鼓的肚子，用手一拍，"嘭嘭嘭"地响，说："西瓜在这儿呢！"

有一天，天气热极了，瓜瓜又闹着要吃西瓜。妈妈拿出一个小西瓜，对瓜瓜说："就剩这个小的了，先吃着吧。一会儿，外婆要来，说不定会给你带个大西瓜哩！"妈妈切开西瓜，上班去了，瓜瓜斜着眼儿瞧了瞧那西瓜，翘起了嘴巴，心想："哼，这也叫西瓜？"可他怪口渴的，又想："瓜儿小，说不定还挺甜哩！"就拿起一块，咬了一口。哎，一点儿也不甜。

他吃完一块，心里生着气，一甩手，把西瓜皮从窗口扔了出去，掉到胡同里的路上了。剩下的几块，瓜瓜气呼呼地咬上几口，也一块接一块地往窗口外面扔。他想：要是外婆真的带个大西瓜来，又大又甜的，那该多好啊！他就趴在窗台上，一个劲地往胡同东口望着。外婆每次上他家，都是从东口来。

哟！来了个人，慢慢走近了，是一位老奶奶，没错儿，是外婆来了。真的，还抱着一个大西瓜呢！瓜瓜大声嚷嚷："外婆，我来接你！"然后连蹦带跳，跑下楼去。

外婆听见了，心里一高兴，加快了脚步。不小心，一脚踩在西瓜皮上，滑了一跤，手里抱的大西瓜，"啪嗒"一下，摔了个粉碎。外婆一边爬起来，一边说："哎哟，谁把西瓜皮扔了一地！"瓜瓜看见外婆坐在地上，连忙跑去把她搀起来，一边气呼呼地抬起脚，往西瓜皮上踩："该死的西瓜皮，哪个坏蛋扔的。"咦，西瓜皮怎么这么小，坏了，这不是他自己扔的吗？瓜瓜偷偷看了外婆一眼，吐了吐舌头，悄悄地把西瓜皮一块一块地拾起来，丢到路旁垃圾箱里去。

瓜瓜再看外婆带来的大西瓜，瓤儿红红的，一定很甜，可惜全部都碎了，沾上了泥。他只好咽着口水，拿起碎瓜块往垃圾箱里扔。外婆不知道西瓜皮是瓜瓜扔的，只看见瓜瓜把西瓜块扔到垃圾箱去，就说："真乖，真乖，都像咱瓜瓜这么懂事就好了。"

小朋友，你们猜猜：瓜瓜听了外婆的话，心里怎么想的呀？

这个故事的目的是教育儿童不要乱扔果皮，作者并没有采用说教的方式，而是让瓜瓜"自作自受"。瓜瓜生下来的时候胖墩墩的、圆滚滚的，就像个西瓜，所以取名瓜瓜。瓜瓜爱吃西瓜，因为家里只剩一个不甜的小西瓜，瓜瓜不爱吃便随手扔瓜皮到窗外，外婆抱着大西瓜来看瓜瓜，刚好踩在瓜皮上滑了一跤，把西瓜摔碎了。瓜瓜只好咽着口水，拿起碎瓜块往垃圾箱里扔。儿童从故事中体会了乱扔果皮带来的不良后果。

二、设计结构安排情节

设计结构是根据主题需要，确定叙述视角和情节线索，通过对故事轮廓的设计安排，在头脑中形成相对明确、具体的故事格局和整体框架。儿童故事结构较为单纯，一般一个故事讲一件事，在结构设计上有以下特点：条理清楚，一般采用顺叙与线性结构的方法；以第三人称叙述，增强故事主体的参与性，拉近与儿童的距离；构思巧妙，注意结构的生动性，使平淡无奇、似曾相识的素材，变得生动有趣。在情节安排上，儿童故事注重情节的生动有趣，这样容易激起儿童的好奇心，产生听讲（阅读）期待。

案例 6 –11

六个娃娃七个坑

一个大热天，七个小男孩由符兰齐克领头，来到河边。他们在沙滩上修道、筑碉堡。玩厌了，就"扑通扑通"往河里一跳。

他们在河里游呀，叫呀，白花花的水溅成一片。符兰齐克看了看伙伴，一个个点起数来："一、二、三……"

他点了几遍，都只数出六个来。他着慌地叫开了："喂！有谁淹进水里了？我们来的时候有七个，可现在只有六个了！"

孩子们慌起来，也都点开了数儿。"六个！只有六个！"他们一个跟着一个叫起来。

他们有的用树枝在河里捞；有的扎猛子到河里去摸，大叫大嚷，乱做一团。

符兰齐克在水里摸到个东西，就哇哇叫开了："在这儿呐！我抓住他啦！"

"抓牢他，别松手！"大伙儿拼命叫着，向符兰齐克游去。这时符兰齐克从水里拖出一只破皮靴。

"唉，这可怎么办呢?"孩子们急得呜哇呜哇哭起来。

河边有个打鱼的老伯伯，他看见了孩子们的慌乱，听见了孩子们的惊叫，就对他们说："你们快上岸来。每个人在沙滩上坐个坑，再点个数儿。"

孩子们听了打鱼老伯的话，都到沙滩上坐了个坑。符兰齐克点了点坑："七个！不多不少，七个。"这时孩子们都乐了，欢喜得又蹦又跳。就这样，六个孩子一屁股坐出了七个坑。

故事采用单线叙述的方法，重点描述符兰齐克数人头的情形。七个小男孩玩够了，符兰齐克开始数人头，数来数去少一个，其他孩子也急了，也帮着数，数来数去也还是少一个。大家都慌了，打鱼的老伯伯叫他们在沙滩上坐坑，结果数出了七个坑，原来大家忘了数自己。这个故事在情节安排上采用转折手法，让孩子们在慌乱的时候来个惊喜，使故事变得生动有趣。

三、用口语化的语言叙述故事

儿童故事是成人讲给儿童听的，为了便于讲述与倾听，应采用口语化的语言叙述，方便儿童理解故事，减少讲述的麻烦。口语化的语言并不等同于口语，而是根据儿童的听讲习惯，利用形容词、动词等突出故事的生动性，用短句避免冗长的静态描写，利用修辞强化故事性。

案例 6 – 12

小猫追老鼠

小老鼠偷了一袋东西，小猫跑去追赶。小老鼠扔下一顶花帽子，小猫戴上追。小老鼠扔下一条花裙子，小猫穿上追。小老鼠扔下一副墨镜，小猫又戴上追。眼看要追上了，小老鼠扔下一双高跟鞋，小猫穿上高跟鞋追。没走几步，小猫摔了一跤。小老鼠逃进洞里，乐得哈哈笑。小猫坐在地上，急得哇哇叫。

这则故事设置了三个情节：小老鼠偷东西小猫追——小老鼠扔东西小猫捡——小老鼠跑掉了。在语言上，用动词"扔""戴""穿""摔""逃""坐"表现小猫追赶小老鼠的过程，生动有趣地表现小老鼠狡猾的特点，起到动态叙述的作用。利用短句叙述方便儿童听讲。其中短句"乐得哈哈笑"表现小老鼠逃进洞里的得意情形，"急得哇哇叫"表现小猫被高跟鞋绊倒的狼狈模样，儿童在听讲中仿佛看到小老鼠与小猫互相追逐的场面，给故事增添了许多乐趣，让儿童觉得好听又好玩。

◎ **知识回顾**

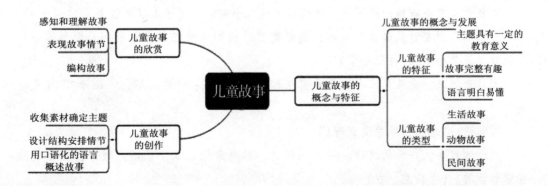

◎ **实践练习**

1. 如何欣赏儿童故事？

2. 观察儿童生活，创作一个儿童故事。可以采用以下方式：

(1) 独立创作。把你创作的故事讲给孩子听，并根据孩子的意见修改。

(2) 与孩子合编故事。鼓励孩子讲述生活中的故事，请你将它改编为一个规范的儿童故事。

3. 阅读下面的儿童故事，根据提示讲述故事。

小碗

方逸群

小朋友去洗手的时候，活动室里只有两个值日生在那里分小碗。(轻快地)

小朋友们把手洗干净了，都轻轻地走进活动室，在小桌子身边坐好。阿姨端来一只大锅子，(以手示意)(轻声)里面盛着香喷喷的枣子糖粥。一闻到香味，就可以知道糖粥是很甜很甜的。(用鼻子嗅一下)(陶醉的样子)

国强轻轻地问身边的蓉蓉："你喜欢吃糖吗？"(小声)

蓉蓉不响。国强看见她低着头，噘着嘴，目光盯在面前的小桌子上，挺不高兴的样子。(噘嘴)(不开心)

蓉蓉进幼儿园才几天，是小姑娘中最小的一个。国强又问："你为什么不高兴呀！"(伸出食指)(关心)

蓉蓉还是不出声。可是国强马上看出来了：蓉蓉面前没有小碗。值日生分小碗的时候，把她给漏了。

国强想："怎么办呢？去告诉孙老师吗？(思索)

孙老师在屋子的那一头，她正好转过身子，跟别的小朋友谈话。

国强想："我做值日生的时候，一定不漏掉一个人，一个人也不漏掉！(坚定的样子)

他一声不响地把自己的小碗，推到蓉蓉面前。

可是蓉蓉把小碗推回给国强。就这样，这只小碗就在桌子上推来推去。

身边的小朋友看见蓉蓉没有碗，也都把自己的小碗放在蓉蓉面前。蓉蓉面前一下子就放了五只小碗。(伸出手掌)

老师走过来，看见几只小碗都放在蓉蓉面前，就问："这是怎么一回事？"(奇怪地)

国强说："老师，蓉蓉没有碗！"

两个值日生，一个从这边，一个从那边，都急急忙忙拿了小碗跑过来，把小碗放在蓉蓉面前。(手指左、右)

孙老师说："蓉蓉有碗了。小朋友拿回自己的碗吧。"（亲切地）

蓉蓉面前留下了两只小碗，一只的边上画着绿颜色的小方块，另一只的边上画着红颜色的小花。（明快地）（伸出食指）

蓉蓉微微地笑了笑。她选了那只有小红花的小碗，把另一只推到小桌子的中间去。（微笑）

孙老师在小碗里舀上了糖粥。蓉蓉就高高兴兴地和小朋友一起，吃香喷喷、甜蜜蜜的枣子糖粥了。（愉快地）

第七章　儿童散文

◎ 学习要点

　　◇ 认识儿童散文的概念与特征，知道儿童散文的类别。

　　◇ 学会欣赏儿童散文，能创编简单的儿童散文。

　　◇ 阅读儿童散文，感受儿童散文的美。

◎ 问题导入

午睡

圣野

　　老公公睡午觉的时候，一动也不动。

　　小蜻蜓睡午觉的时候，一动也不动。

　　小朋友睡午觉的时候，一动也不动。

　　只有风，在轻轻地吹着。

　　风说，我会吹得很轻很轻的，不会吹醒老公公的梦，不会吹醒小朋友的梦。

　　只有阳光，在暖暖地照着。

　　阳光说，我不会照得让老公公出汗的，我不会照得让小蜻蜓出汗的，我不会照得让小朋友出汗的。

　　问题：

　　1. 这篇儿童散文有什么特点？

　　2. 应该从哪几个角度欣赏这篇儿童散文？

第一节　儿童散文概述

　　散文是一种抒写主体的情绪感受与接受对象进行精神对话的文本。贾平凹认为：

在中国，散文是最有群众基础的文学形式，读者多，作者多，形式多，任何人都可以谈自己的感想。贾平凹强调散文讲究有意思，而这"意思"是无法说出来的，它是一种感觉，却混杂了多种味道：嗅觉、触觉、听觉与视觉都可混杂于其中等。由觉而悟，使我们得到一种启示，或者得到一种愉悦。同时，散文注重事实和看法的融合，不仅写出生活实感，写出原生态，还站在关注人、关注生命的角度上提出看法。

一、儿童散文的概念与发展

儿童散文是散文的一种特殊形式，它以儿童为接受对象，表现儿童的生活情趣及心灵感受，是一种适合儿童听诵的文体。儿童散文可通过某些片段的生活事件来表达所思所感，一人、一事、一草、一木都可成为儿童散文的题材。儿童散文作家无论是成人还是孩子，总是满怀童心来表现童年，或表现儿童的成长渴望，或表现童年生活的乐趣，或表现同伴关系的情怀……儿童散文有一种特殊的美，它以简练的语言、优美的意境给儿童以美的享受与情感启迪。儿童散文还是"牙牙学语的范本"，它既有生活化的口头语言，也有不少生动形象的文雅词句，有利于儿童从学习口语到书面语的过渡。

案例 7 - 1

快乐的小雨点
林颂英

小雨点从天上的云堆里落下来，蹦蹦跳跳，跳个不停。

小雨点沙沙地落到田野里，田野里的小花抬起头来，脸上眯眯笑。小花说："小雨点是我的朋友！"

小雨点沙沙地落到小河里，河里的小鱼吧唧吧唧地喝着雨水。小鱼说："小雨点是我的朋友！"

小雨点沙沙地落到岸上，岸上的小青蛙乐得呱呱呱地唱着歌。小青蛙说："小雨点是我的朋友！"

小雨点沙沙地落到山坡上，山城上的笋娃娃伸伸腰，使劲往上长。笋娃娃说："小雨点是我的朋友！"

小雨点来了，小花、小鱼、小青蛙和笋娃娃都很快乐，大家说："谢谢小雨点！"

听！小雨点快乐地唱着沙沙歌，真好听！

这篇儿童散文采用白描手法，表现小雨点对大地的贡献，抒发了对小雨点的喜爱之情。在这篇儿童散文中，既有"蹦蹦跳跳，跳个不停""小鱼吧唧吧唧地喝着水"

"小雨点是我的朋友"等口语化的句子，也有"田里的小花抬起头""山上的笋娃娃伸伸腰""小雨点快乐地唱着沙沙歌"等修辞句，儿童在听诵中巩固了句子的口语表达，又学会了运用拟人的表达手法，语言学习顺利地从口语过渡到书面语。

在中国，散文的文体观点源于周作人。1921年，他作《美文》时介绍："外国文学里有一种所谓论文，其中大约可以分作两类。一批评的，是学术性的。二记述的，是艺术性的，又称作美文，这里边可以分出叙事与抒情，但也很多两者夹杂的。"在这里，周作人把散文称为美文，因为散文的语言与情感都极其优美，而且他还把散文分为叙事散文和抒情散文，并且也认为还有第三种，就是叙事散文和抒情散文的结合。儿童散文的出现始于冰心，冰心写的系列散文《寄小读者》首开儿童散文之河，刘半农、郑振铎紧随其后，蹲下身子从儿童视角去观察和体悟生活。同一时期，儿童散文在国外蓬勃发展，印度诗人泰戈尔、俄国作家托尔斯泰等的作品在国内颇受欢迎。"五四"以后到中华人民共和国成立前的二十多年间，儿童文学也未能达到蓬勃发展。直到20世纪80年代，儿童散文如雨后春笋般茁壮成长，郭风、张继楼、望安、夏辇生、郑春华等赋予儿童散文新的时代气息，注重表现儿童心理和情趣，儿童散文才真正发展起来。

二、儿童散文的特征

儿童散文具有散文的一般特征，如形散神聚、情感真挚、意境优美等，但接受对象的特殊性使儿童散文又具有自身的特点，具体表现为以下方面。

1. 题材广阔，立意真实

儿童文学家郭风说："儿童散文的体裁应该是多样的，可不可以写一些童话体散文？我说安徒生的作品中有一部分实际上是散文。……儿童文学作家有职业上的优点，想象力比较丰富，比较富有幻想，而童话非常需要幻想、想象。这样的童话有时构不成中篇、短篇的话，就可以把它写成散文。"可见，儿童散文题材非常广，上下千载、纵横万里，大及宇宙洪荒，小至草木虫鱼都可涉及，甚至能将生活中不存在的童话类想象和幻想纳入其中，在题材方面几乎没有什么限制。

立意是作者在说明问题、发表见解、提出主张或反映生活现象时，通过文本内容表现出来的基本思想和写作意图。儿童散文的立意应突出"真"，即情感真实。真实的情感应建立在生活真实的土壤上，从小处落笔，抒写对生活的独特感受和经验，真实写出儿童生活的天真烂漫，写出儿童对世界的美好感受。

案例 7 – 2

种子

张继楼

几阵春雨，几场春雨。

冰雪早化成水珠交给土地妈妈收藏去了。

在雪被里整整睡了一个冬天的种子们，还没有苏醒哩！土地妈妈有些生气了。

她拧着一个个小鼻子，轻轻地呼唤着：

"醒醒吧！我的淘气的孩子们。"

顽皮的种子伸了个懒腰，打了个哈欠，伸出绿色的手掌，揉了揉眼睛，懒懒地探出身子向天空瞧了瞧。

外面是万里蓝天，一片阳光。

"真糟糕，又起迟了。"

在湿润的空气里，种子一个劲地往上长，往上长。

春天来万物苏醒，种子发芽。这篇散文题材真实有趣，运用孩子顽皮的口吻和语调为我们展示了种子发芽的画面：阳光下，一颗颗翠绿的小芽从泥土中伸出来。种子就像睡懒觉的孩子，被土地妈妈拧着小鼻子轻轻唤醒，"顽皮的种子伸了个懒腰，打了个哈欠，伸出绿色的手掌，揉了揉眼睛，懒懒地探出身子向天空瞧了瞧"。这幅情景就像儿童被妈妈从温暖的被窝里拉出来，多么熟悉生动。"真糟糕，又起迟了"，形象生动地表现种子就像要迟到的儿童一样，活泼可爱。

2. 意境优美，富有情趣

儿童散文是介于儿童故事和诗歌之间的一种文体，除了具有简单的故事性情节之外，还有优美的意境。儿童散文的意境不同于诗歌的意境，诗歌常用"虚境"，散文则常用"实境"，通过意境让儿童身临其境地体会客观存在的真实美景，融入饱含童趣的情绪情感，使儿童得到美的享受。

案例 7 – 3

欢迎秋爷爷

闫文丽

"秋爷爷要来了！"

水果娃娃们听了这个好消息，可高兴了！

苹果娃娃们笑呀笑，笑红了圆圆的脸蛋儿。

石榴娃娃们笑呀笑，咧开了嘴巴，露出像珍珠一样的牙齿。

香蕉娃娃们笑呀笑，把腰都笑弯了，像一个弯弯的小月亮。

山楂娃娃们想：秋爷爷年纪大了，眼睛花了，走路摔跤怎么办？它们商量了一下，一起点亮了小红灯，好像一树红色的星星。

柿子娃娃们见了，也悄悄挂起一树黄黄的大灯笼。

这篇散文用拟人化的手法，描绘了一群活泼的水果娃娃欢迎秋爷爷的画面，表现秋天水果多姿多彩的形态特征。水果娃娃们听说秋爷爷要来非常高兴：苹果娃娃笑红了脸蛋儿，石榴娃娃咧开了嘴巴，香蕉娃娃笑弯了腰，山楂娃娃点起了小红灯，柿子娃娃挂起大黄灯笼。这篇散文描绘的意境非常优美，水果们的形象生动有趣，切合儿童的审美。而"娃娃们笑呀笑……"的句型，可引发儿童运用已有经验，描述水果们笑起来的模式，培养他们的书面语言。

3. 语言朴实，生动形象

儿童散文有三美，即意境美、语言美与情感美。儿童散文的语言美主要表现为符合儿童的听诵习惯，即语言朴实、描写生动，在舒徐缓悠或节奏明快中表现散文的情感。语言表述规范中显自然、活泼中透简约、优美中显质朴，能满足儿童的好奇心，激发他们的想象力和创造力。

案例 7 - 4

睡觉

冯幽君

夜，静悄悄，风不吹，草不摇。

天上的，地上的，都睡了，一切都睡了。

小花猫，躺在床上睡了。

小白兔，钻进洞里睡了。

小金鱼，睁着眼睛睡了。

小红马，站在地上睡了。

小黄鹂，停在树上睡了。

月儿和星星在高高的天上，怎么也睡不着，它们就降落到小河里，躺在小河身上睡了。

淘气的风娃娃，看大家都睡着了，它也不声不响地睡了。

这篇儿童散文描写夜晚的静谧：夜，静悄悄，风不吹，草不摇。接着通过排比与拟人手法，生动形象地展现一片安宁的情景：小花猫，躺在床上睡了。小白兔，钻进洞里睡了。小金鱼，睁着眼睛睡了。小红马，站在地上睡了。小黄鹂，停在树上睡了。

月儿和星星也躺在小河身上睡了。淘气的风娃娃，看大家都睡着了，它也不声不响地睡了。全文语言朴实，几乎都是口语化的表达，符合儿童的听诵习惯。

蒙台梭利说："像所有的人类一样，儿童本身也有自己独特的人格。儿童美妙而应该受到尊重的创造力，绝对不能被抹杀；儿童纯真敏感的心灵，更需要我们小心翼翼地呵护。"儿童散文以其独有的美感吸引儿童，让他们在听诵中得到美的享受，引导儿童感受美、欣赏美、表达美，不断培养他们的审美能力。

三、儿童散文的类别

儿童散文有不同的类别，从内容看可分为写景散文、叙事散文和抒情散文，从形式看可分为童话散文、诗歌式散文和记叙类散文。

（一）写景散文

儿童散文中，最富于自然美与画面美的是写景散文，即以自然景观和物象为对象散文。这类散文形、声、色、态都美，表现山川风物、花鸟虫鱼的情韵，抒发对大自然的热爱之情。写景散文一般尽量从小景点里展现大画面，让儿童从想象中感受美、体会美，获得美的享受。

案例 7 - 5

秋天的雨
陶金鸿

秋天的雨，滴答滴答地唱着歌。

秋天的雨，是一把钥匙，带着清凉和温柔。轻轻地，轻轻地，你还没注意，秋天的门，就悄悄地打开了。

秋天的雨，有一盒五彩缤纷的颜料。你看，它把黄颜色给了银杏，黄了的树叶扇呀扇，像一把把小扇子，扇走了夏天的炎热；它把红颜色给了枫树、红红的枫叶飘呀飘，像一枚枚邮票，邮来了秋天的盛装；它把金黄色给了田野，橙红色给了果树、各种各样的颜色都给了菊花仙子……

秋天的雨，有非常好闻的气味呢！不信啊，你闻闻：菠萝甜甜的，梨子香香的，还有好多好多气味都在小雨滴中藏着呢！小雨滴还带来了烤山芋、糖炒栗子的香味，小朋友的脚呀，常被那香味勾住。

秋天的雨，有一支金色的小喇叭，它告诉大家，冬天快要来了。小喜鹊忙着造房子，小松鼠忙着藏粮食，小青蛙在加紧挖洞，准备舒舒服服地睡一大觉！

秋天的雨，滴答滴答地唱着歌…

这是一篇描写秋天的写景散文，描写秋天的雨给大地带来的变化：秋天的雨滴滴答答唱着歌，轻轻地打开了秋天的门，把植物染成不同的颜色，银杏变黄了，枫树变红了，田野变得金黄，果树变成橙色，菊花变成各种各样的颜色……秋天的雨还带来了各种好闻的味道：甜甜的菠萝味、香香的梨子味、烤山芋的香味、糖炒栗子的香味。秋天的雨告诉动物们——冬天快到了，小喜鹊听了，忙着造房子，小松鼠听了，忙着藏粮食，小青蛙听了，加紧挖洞准备冬眠。秋天的雨把大地染成五颜六色，变得多美呀！这篇儿童散文从视觉、听觉与味道描写秋天的变化，给小读者描绘了一幅秋天的雨带来的美景，让孩子们在听诵中感受秋天不一样的风景。

（二）叙事散文

叙事散文指用散文笔调描述儿童生活中的人物、事件等题材的散文。这类散文一般有简单的故事情节，或是事件的片段，或是事件的过程，儿童通过这些片段或过程体会散文所包含的意趣，达到审美的效果。

案例 7 – 6

一朵会说会笑的山菊花

滕毓旭

孩子和妈妈在树林里捉迷藏。

两只粉色的蝴蝶从妈妈身边飞过，追着扑棱棱的小辫，飘进花丛里不见了。

"妈妈，你找我呀，看我藏在哪？"

妈妈故意不往花丛那边看，却向一棵大树走去。树儿轻轻摇，发出哗啦啦、哗啦啦的响声，一簇簇小蘑菇，擎着伞儿站在树下。

"妈妈，别到大树后面找，那里有小鸟，别吓飞了它！"

妈妈停住了，还是不往花丛那边望，却故意用手拨开草丛。一只大肚蝈蝈被惊动了，一个高儿蹦到草尖上，悠悠打起了秋千。

"妈妈，别到草根里找，那里有小兔，别吓跑了它！"

这时，妈妈踮着脚尖儿，一步步向花丛走去。孩子闭着眼，咯咯笑着。突然，妈妈一下把孩子抱住了。

孩子仰着脸儿，不明白地问："妈妈，你怎么知道我藏在花丛里呀？"

妈妈甜甜地说："我的小妞妞，是朵会说会笑的山菊花！"

这篇叙事散文描写妈妈和女儿之间玩捉迷藏游戏的过程，妈妈故意找不到孩子，孩子忍不住一再提示，最后，妈妈在孩子的提示下抱住了孩子，两人笑得乐开花。这篇散文让我们看到一个天真可爱的"会说会笑的山菊花"一样的小姑娘，一个亲切幽默、充满爱心的妈妈，感受到这对母女间纯真、和谐的感情。

（三）抒情散文

抒情散文指以抒情为表达方式，以强烈的主体感情作为表达对象的散文。受儿童情感发展和情感表现的限制，儿童抒情散文一般抒发孩子对生活中的人、事、物、景的直观感受和美好情感，旨在引导儿童体会生活美和人情美。

儿童抒情散文有两种表现方式，即直接抒情与间接抒情。直接抒情是将情感直接投注在文中，以引起儿童共鸣的抒情散文。

案例 7 – 7

红红的太阳
滕毓旭

太阳升起来了，圆圆的、红红的，把大地照得亮亮堂堂。小河大声地唱着歌，小鸟使劲儿抖动翅膀，小草撒欢儿地往上长。花儿呢，也露出了笑脸，它们都在高兴地迎接升起的太阳。

太阳升起来了，小娃娃又蹦又跳，大声喊："红太阳，因为有了您，我们才长得这样快，浑身才这样暖洋洋。

这是一篇直接抒情的儿童散文，直接抒发万物对太阳的喜欢，如"小河大声唱着歌，小鸟使劲儿抖动翅膀，小草撒欢儿地往上长。花儿呢，也露出了笑脸，它们都在高兴地迎接升起的太阳"。小娃娃则大声喊："红太阳，因为有了您，我们才长得这样快，浑身才这样暖洋洋"，儿童听诵后，直接理解了万物对太阳的喜爱。

间接抒情，指通过叙事、写人来抒写情怀，不直接在文中抒发情感，而是通过对场景的描写来表现情感。

案例 7 – 8

白云找到了一个家
金波

一朵白云飘呀飘，它想找一个永远的家住下来。

它找到一棵高高的白杨树，刚想挂在树梢上，就飞过来一只花喜鹊。它对白云说："啊，你真像一团棉花，给我絮窝吧！"说着，花喜鹊就飞过来，想把它叼走。

白云飞走了。

它飞过一座高高的山，山上鸟语花香，空气清新。白云刚想挂在山顶上，就跑过来三只小猴子。一只小猴子说："快看，它多像一团棉花糖呀！"话刚说完，三只小猴子就扑了过来。

白云飞走了。

它飞过一片田野，看见一个小画家正在画画，画上有麦田，有菜花，有小河，有小桥，可是蓝天上没有画白云。白云就飞进了她的画里，画更美丽了。

老师走过来，夸奖她的画好，尤其是那朵白云，真美。小画家听到了表扬，心里很高兴。

白云也很高兴，它找到一个美丽的家。

这篇散文采用间接抒情的方式，描写了白云找家的三个场景：白云找到一棵高高的白杨树，想把它当作家，一只花喜鹊飞过来想把它叼走，白云只好走了；白云飞过一座高高的山，想把山顶当作家，三只小猴子以为它是棉花糖，争着扑过来，白云只好飞走了；白去飞过一片田野，看见一个小画家的画很美，就飞进去，把画当作家，白云找到了一个美丽的家。三段式的描写手法，使儿童感受到白云找家的不易，最后，白云终于找到了家，生动表现白云对家的渴望。

第二节　儿童散文的欣赏

儿童散文以丰富的内容、真挚的情感、优美的意境给小读者以美的享受，欣赏儿童散文应通过鲜明的画面、动人的情感与灵动的语言，引导儿童动用各种感官品味散文的情感美、意境美与语言美。

一、在想象中感受散文的意蕴

意蕴指文本中所蕴含的思想、情感、气韵。儿童散文的意蕴相对浅显，一般通过直观的画面、鲜明的场景和形象来给儿童以美的享受，而画面、场景和形象大多通过意象来表现，因此，在欣赏儿童散文时应注意利用图谱或模拟情境引发儿童的想象，引导他们在想象中感受散文的意蕴。

案例 7 – 9

荷叶

彭万洲

荷叶伸出水面，顶着一片蓝蓝的天。

蜻蜓飞来了，高兴地说："这是我的机场。"

青蛙跳上去，高兴地说："这是我的唱片。"

鱼儿游过来，高兴地说："这是我的雨伞。"

滴滴答答，真的下雨了。我把荷叶当斗笠，顶着雨跑回家了。

奶奶取下荷叶，高兴地说："多香的叶儿啊！"

一会儿，奶奶让我吃叶儿粑，那粑粑就是用荷叶包的，清香绵软，真好吃！

哇，打嗝都有一股荷叶味儿……

这篇儿童散文以荷叶为意象，描写了荷叶的功能：蜻蜓把荷叶当作机场，青蛙把荷叶当作唱片，鱼儿把荷叶当作雨伞，"我"把荷叶当作斗笠。这一个个功能也是一幅幅画面的展现，引发小读者对荷叶的联想。引导和欣赏时，用图谱把这些画面展示出来，以"我"吃荷叶粑粑的画面结束全文，教师一边指着图谱一边念诵散文，儿童在听诵中很容易就理解了散文，再引导儿童想象吃荷叶粑粑的味道，就能较好地体会散文所传达的意蕴。

二、在游戏中体验散文的意境

意境是指抒情性作品中所呈现的情景交融、虚实相生的艺术境界。在儿童散文中贯穿始终的情感会被化为直观的画面、场景和形象，即意境。理解意境可以帮助儿童把握散文中的情感脉络，并在此基础上创造新的意境。儿童散文属于抒情文学，营造的意境可能超出儿童的理解能力，利用游戏可以把不容易理解的意境直观呈现，引导儿童更好体会散文的自然美、人性美与生活美。

案例 7－10

项链

夏辇生

大海，蓝蓝的，又宽又远。沙滩，黄黄的，又长又软。雪白雪白的浪花，哗哗笑着，涌向沙滩，悄悄撒下小小的海螺和贝壳。小娃娃嘻嘻笑着，迎上去，捡起小小的海螺和贝壳，串成彩色的项链，挂在娃娃的胸前。快活的脚印落在沙滩，串成金色的项链，挂在大海的胸前。

没有见过大海的孩子，可能想象不出海滩、海浪。有看海经验的儿童，如果没有认真观察，也可能理解不了大海的项链。欣赏这篇散文可组织儿童在游戏中体会散文意境：在地上放几张脚印的图案、几个小海螺、几个贝壳。把儿童分为四个小组进行角色表演：一组儿童扮演大海，一组儿童扮演沙滩，一组儿童扮演浪花，一组儿童扮演小娃娃。每个小组儿童手拉着手，随着朗诵做大海、沙滩、浪花与小娃娃的动作。通过游戏儿童很容易就理解了这篇散文的意境，感受在海边玩耍的快乐。

三、在仿编中品味散文的语言

儿童散文的语言美体现在用词的准确与凝练上，欣赏儿童散文能提高儿童的语言表达，尤其是书面语言的表达，使他们感受儿童散文语言的魅力，达到陶冶性情、提高审美的目的。在欣赏儿童散文时，丰富的语言表达可通过仿编获得。通过仿编，品味了儿童散文的语言美，对儿童散文的结构、语言、意境等都有深刻认识，对儿童散文的情感的理解更为深入，欣赏行为由被动走向主动。

案例 7 – 11

云彩与风儿

天上的云彩真有趣，天上的风儿真能干。

吹呀吹，云彩变成小白船，竖起桅杆，扬起风帆，小白船，飘呀飘，飘到远处看不见。

吹呀吹，云彩变成大狮子，躬起身子，张开大口，狮子吼呀吼，吓得羊群都逃散。

吹呀吹，云彩变成胖娃娃，头戴帽子，身穿围兜儿，跑来跑去，跟着太阳公公闹着玩。

天上的云彩真有趣，天上的风儿真能干！

这篇散文在结构上最大的特点是重复，首尾重复呼应，中间部分通过拟人手法表现云彩在风吹动下的变幻，不断重复"吹呀吹，云彩变成……"这样的句式，这种句式能够发散儿童的思维。儿童欣赏散文时，引导他们想象：云彩除了变成小白船、大狮子和胖娃娃外，还可以变成什么？他在干什么？营造一个让儿童说的氛围，儿童在想象中说出云彩可能变成的各种动物，或者是其他物品，教师再把这些句子放到原文中，儿童在念诵中感受自己仿编的散文所采用的语言是否恰当，由此品味原文的语言美。

蒙台梭利说："当一个人以孩子般单纯而无所希求的目光去观看，这世界如此美好：夜空的月轮和星辰很美，小溪、海滩、森林和岩石很美，山羊和金龟子、花儿和蝴蝶都很美。当一个人能够如此单纯，如此觉醒，如此专注于当下，毫无疑虑地走过这个世界，生命真是一件赏心乐事。"儿童散文以纯真的情感、优美的意境与生动的语言，引导儿童感受与欣赏美，领略世界的多姿多彩，体会生命的神奇与的美好，使童年充满欢乐。因此，儿童散文就是引导孩子感受人间社会纯真与美好的最好方式。

第三节　儿童散文的创作

儿童散文取材自由，谋篇自由，像水一样随物赋形。儿童散文的读者是儿童，创作主体却是成人，要写出儿童喜欢听、听得懂、听后有益的散文，必须转换视角，打破成人的思维定式。用儿童的眼睛去观察、用儿童的耳朵去听赏、用儿童的心灵去感受，通过质朴的语言，表现儿童眼中的风景，感悟生活的千姿百态。

一、立意真实，构思巧妙

著名文学家郁达夫说："我以为一篇散文的最重要的内容，第一要寻这'散文的心'；照中国旧式的说法，是一篇的作意。在外国修辞学里，或称作主题或叫它要旨的，大约就是这'散文的心'了。有了这散文的心后，然后方能求散文的体，就是如何有把这心尽情地表现出来的最适当的排列方法。"所谓"散文的心"即立意，立意是写什么、表现什么的问题。儿童散文立意应真实，符合儿童的生活经验，才能为儿童理解与喜欢。

立意就是在说明问题、发表见解、提出主张或反映生活现象时，通过文本所表现出来的基本思想和写作意图。儿童散文立意要新，有两种表现：第一，用新发现的、新产生的别人尚未接触过的题材写。这种立意要求作者独具慧眼，能敏锐抓住新生事物的苗头进行抒写，发人之所未见，写人之所未写，这种立意对作者要求很高。第二，写已经存在的但不被大多数人发现的真情或者真意。这种立意相对来说较为容易，但要求处处留心观察，才可能找到立意新颖的素材。

儿童散文的构思主要解决散文的艺术形式问题，即布局与表现技巧。吴然认为："儿童散文中，作家往往把自己幻想成一个儿童，用儿童的口吻去写作，这本身就是最大的虚构，更何况许多作品还要写得有童话色彩，读出来儿童才喜欢听。"可见，儿童散文的构思要巧妙，能从儿童的视角出发，以儿童的浪漫情怀看待景物，处理好外松与内紧、形散与神凝的关系，使行文的曲折有致与主题鲜明突出得到统一。

案例 7 - 12

小树叶找妈妈

崔利玲

秋天到了，一片枫叶飘落在地上，小兔子拾起来帮它找妈妈。

小兔子来到银杏树前，问："银杏树妈妈，这是您的孩子吗?""不是，我的孩子像扇子一样，是黄色的。"

小兔子来到梧桐树前，问："梧桐树妈妈，这是您的孩子吗?""不是，我的孩子比它胖，是黄色的。"

小兔子来到松树前，问："松树妈妈，这是您的孩子吗?""不是，我的孩子像针一样，是绿色的。"

小兔子来到枫树前，枫树妈妈正在找孩子，看见被风吹跑的宝宝又回来了，枫树妈妈笑了，小兔子也笑了。

秋天落叶是普通的自然现象，作者却能从平凡中找到新意：帮落叶找妈妈。在儿童眼里，万物是有灵的，他们都有自己的妈妈。小树叶是大树妈妈的孩子，帮小树叶找妈妈是自然而然的事情。所以小兔子拿着落叶，问银杏树、梧桐树、松树和枫树："这是您的孩子吗?"当落叶找到妈妈时，枫树妈妈笑了，小兔子也笑了。这篇儿童散文一改过去赞扬枫叶之美的常态，立意新颖。在构思上也非常巧妙：用拟人化的手法娓娓道出小兔子帮助小树叶找妈妈的全过程，洋溢着助人为乐的情调，像一卷流动的画，形象鲜明而又充满诗意，容易激发儿童对温暖亲情的共鸣。

二、意象活泼，灵动有趣

意象是客观物象经过创作主体独特的情感活动而创造出来的一种艺术形象。儿童散文以抒情为中心，较少采用抽象的逻辑思维方式，一般用具体实在的意象来表达，营造灵动有趣的意境。创作儿童散文应善于从儿童的眼睛观察，用儿童的思维去感受，用儿童的情感去体会。儿童散文中的意象是否为儿童理解，是否优美，关键在于它是否灵动有趣。成人眼中的美感或意趣有时并不是儿童感兴趣的，只有深入儿童生活，用儿童的眼光和心灵去感受，才可能显示出意象的活泼生动、灵动有趣。

案例 7 – 13

滑吧滑吧，小雨点
余绯

"滴答滴答……"小雨点唱着歌，排着队，从天上跳下来玩耍。

小雨点跳到屋顶上，跳到树叶上，跳到我的雨伞上。

哎呀！小雨点把屋顶当成了滑梯，把树叶当成了滑梯，一个一个争着往下滑。

"滴答滴答……"滑吧，滑吧，快乐的小雨点。

这是一篇欢快的儿童散文，充满着激情与童趣。作者从儿童视角出发，把下雨情景比喻为小雨点的游戏，把屋顶、树叶、雨伞等比喻为小雨点的滑梯，快乐又神奇。小雨点"排着队""唱着歌""从天上跳下来"。他们"跳到屋顶"，把屋顶当成了滑梯；他们"跳到树叶上"，把树叶当成了滑梯；他们"跳到我的雨伞"上，把我的雨伞也当成了滑梯。这些滑"滑梯"的动作都是儿童熟悉和喜爱的，他们很快联想到自己滑滑梯的情形，回味起滑滑梯的快乐，对这篇儿童散文的情感便有了深刻体会。在这篇散文中，作者选取小雨点这个真实可感的意象，活泼生动、灵动有趣。

三、语言鲜活，富有生气

儿童散文在传达情感时，多采用生动形象的描述，利用浅显流畅、清新朴实以及音韵和谐的语言，追求一种平实而又有文采的描述方式，使儿童散文的语言显得鲜活而有生气。儿童散文的语言一般采用两种写法：实写性描写与感觉化描写。实写性描写几乎不用修辞手法，只依靠一些具象化的可看、可闻、可触、有声响的语言来表述，突出散文意象的质感。

案例 7 - 14

四个太阳

夏辇生

我画了个绿绿的太阳，照着夏天。高山、田野、大马路，到处一片清凉。

我画了个金黄色的太阳，送给秋天。果园里，果子熟了。金黄色的落叶忙着邀请小伙伴，尝尝水果的香甜。

我画了个红红的太阳，挂在冬天，温暖着娃娃们的手和脸。

春天，春天的太阳该画什么颜色？哦，画个彩色的。春天是最美的季节。

这篇儿童散文几乎不用修辞，仅用四个形容词就描写出"我"给不同季节所画的太阳：绿绿的太阳照着夏天，高山、田野、大马路，到处一片清凉；秋天的太阳是金黄色的，果园飘香，落叶忙着邀请小伙伴，尝尝水果的香甜；红红的太阳挂在冬天，温暖着娃娃们的脸；春天的太阳是彩色的，因为春天是最美的季节。通过"我"的画，小读者感受到太阳在春、夏、秋、冬四个季节中的变化，用触觉与味觉，突出太阳不同季节中的质感，即"清凉""香甜"与"温暖"，语言非常鲜活，富有生气。

二是感觉化描写。感觉化描写往往用比喻、夸张、比拟、摹状等修辞手法，强调、渲染意象，使意象带有明显的主观性，把儿童散文所体现的情感淋漓尽致地表现出来。

案例 7－15

小雪花

我是洁白晶莹的小雪花，我从高高的云层轻轻地飘下。我落满高山，高山好像披上美丽的白纱；我落满屋顶，屋顶好像铺上一层闪光的银瓦；我落满松柏，松柏好像结出大朵大朵的棉花；我落满树枝，枝头好像盛开着的梨花；我落满麦田，麦田好像睡在松软的棉絮下；我落满大地，大地好像铺上洁白的地毯，闪着耀眼的银花花。

人们欢迎我吧，我冻死病菌、消灭瘟疫；我把空气中的灰尘洗刷。

我是洁白晶莹的小雪花，我从高高的云层轻轻地飘下。

这是一篇语言优美、意象丰富、结构工整的儿童散文。小雪花飘飘洒洒的身姿用"轻轻"二字道尽，将雪花飘落的意境构造得轻盈、唯美，更将雪花的所落之处从高到低进行了巧妙安排，用排比与拟人手法把雪花慢慢飘落的身影层层展现，让人不禁伸出双手，将那份轻盈捧在手心。在修辞方面，用了拟人与排比，渲染了小雪花飘下的意象，如"美丽白纱""闪光的银瓦""大朵大朵的棉花""松软的棉絮""洁白的地毯"等，用视觉与触觉表达对意象的感受，把对小雪花的喜爱之情体现得淋漓尽致，表现语言鲜活，富有生气的特点。

◎ **知识回顾**

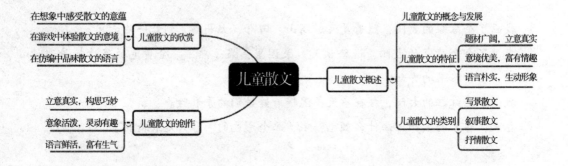

◎ **实践练习**

1. 如何欣赏儿童散文？
2. 观察儿童生活创作一篇散文，题目自拟。
3. 根据提示朗读下面的儿童散文。

春天的颜色

楼飞甫

小草探出头来，一眼就看见了蓝天。他高兴地（明快、甜美地）（抬头）（兴奋地）（甜美的童音）说："我看见了，春天是蓝色的。"

小羊跑出圈来，一眼就看见了青草。他高兴地说："我看见了，春天（笑容荡漾）是绿色的。"（童音，与小草的颜色不同）

蜜蜂飞出了屋子，一眼就看见了迎春花。她高兴地（两臂伸开，做飞翔状）说："我看见了（兴奋地），春天是金黄色的。"

燕子掠过蓝天，飞（手臂在空中划过）（兴奋地）过草地，看见春天的景色（声音略轻，深情地），高兴地说："春天的颜色很美，像小朋友的水彩盒一样……"

第八章　儿童小说

◎ **学习要点**

◇ 认识儿童小说的概念与特征，知道小说戏剧的类别。

◇ 学会欣赏儿童小说，能创编简单的儿童小说。

◇ 阅读儿童小说，感受儿童小说的乐趣。

◎ **问题导入**

窗边的小豆豆（节选）

［日］黑柳彻子

昨天，就是在电车要倾斜拐弯的时候，小豆豆发现脚边有一个东西，好像是钱币的样子。但是，以前有一次也以为是钱，捡起来一看才发现是个纽扣，所以小豆豆心想："要仔细看一看，再判断是不是钱。"电车转过弯之后，开始笔直地前进，小豆豆把脸凑上前去仔细看了看，一点不错，果然是钱，而且是一枚五分钱的硬币。可能是附近的谁掉的，电车倾斜的时候，滚到了这里吧。但是那时候，只有小豆豆一个人站在那里。

"怎么办呢？"这时候，小豆豆想起了不知是谁说过"捡到钱的时候，要立刻交给警察"。但是，电车上并没有警察啊。这时候，电车最后面的乘务员室的门开了，乘务员走到了小豆豆所在的这节车厢里。这时候，小豆豆也不知道自己是怎么想的，右脚飞快地踩在了硬币的上面。乘务员经常见到小豆豆，已经很熟悉了，看到她就微笑着致意，但是小豆豆这时的心思都在右脚下面，不能像平时笑得那么欢畅，只是微微回报了一笑。这时候，电车到了小豆豆要下车的前一站"大网山"车站，对面的车门打开了，但不知为什么比平时多上来了好多大人挤在小豆豆的身旁。

问题：

1. 儿童小说在形式上有什么特点？

2. 如何引导儿童欣赏小说？

第一节　儿童小说概述

儿童小说是从成人小说中分化出来的一种独立文学样式，具有独特的审美特质，也是较受小读者欢迎的文学体裁之一。

一、儿童小说的概念与发展

儿童小说是指以儿童为接受对象，适合他们阅读和理解的叙述性文体。儿童小说具有小说的一般特征，如都以塑造人物形象为中心，通过完整的故事情节和对环境的具体描绘来反映儿童生活，抓住人物、情节、环境、主题，运用合理想象来编织故事等。

儿童小说与儿童生活故事相比，生活故事以故事情节见长，讲究情节的连贯生动，儿童小说则以人物形象取胜，追求形象的鲜明个性。生活故事中没有个性鲜明的人物形象，仍可能是好故事；儿童小说中没有曲折生动的情节，极可能是好小说。但是，作为生活故事如果没有完整的故事情节，就不是好故事。同样，作为一篇儿童小说，如果没有鲜明的人物形象，就不是好小说。

儿童小说的发展经历了一个长期过程。1553 年西班牙的流浪汉小说《小癞子》是最早的儿童小说。1762 年卢梭的教育小说《爱弥尔》在儿童教育与儿童文学领域产生重大影响。18 世纪英国的托马斯·戴出版了以两个 6 岁男孩为主人公的小说《桑德福与默顿的故事》。19 世纪后儿童小说大量涌现，出现了许多经典作品，如英国作家狄更斯的《雾都孤儿》与《大卫·科波菲尔》，法国作家马洛的《苦儿流浪记》、都德的《最后一课》、儒勒·凡尔纳的《海底两万里》，瑞士女作家约翰·斯比丽的《小海蒂》，意大利作家亚米契斯《爱的教育》，美国作家马克·吐温的《汤姆·索亚历险记》、斯托夫人的《汤姆叔叔的小屋》，俄国作家契诃夫的《万卡》、屠格涅夫的《猎人笔记》等。20 世纪各国儿童小说发展更为迅速，名著层出不穷，苏联作家居古拉·尼古拉耶维奇·诺索夫的《幻想家》、施瓦尔茨的《一年级小学生》，日本作家黑柳彻子《窗边的小豆豆》、瑞典作家阿斯特丽德·林格伦《长袜子皮皮》等，深受一代又一代儿童的喜欢。

"五四"时期，随着儿童观念的改变，中国涌现了一批描写儿童生活的小说，代表作有鲁迅的《社戏》《故乡》，叶圣陶的《阿菊》《小铜匠》，冰心的《寂寞》《三儿》，老舍的《小铃儿》，陈伯吹的《学校生活记》等，聚焦于儿童现实生活，注重儿童性、文学性与教育。中华人民共和国成立后，中国儿童小说成功塑造了不少"红色儿童"形象，如徐光耀《小兵张嘎》中的张嘎，呆向真《小松和小胖》中的小松和小胖等。新时期儿童文学呵护儿童的心灵世界，关注儿童的身心成长，诞生了一批经典的作品，如王安忆的《谁是未来的中队长》、刘健屏《我要我的雕刻刀》、曹文轩的《草房子》《第十一根红布条》、秦文君的《男生贾里》《女生贾梅》、班马的《六年级大逃亡》、梅子涵《我女儿的故事》等。进入21世纪，出现了系列儿童小说，如杨红樱的"马小跳"系列，以幽默轻松的笔调展现童年的快乐故事，回归儿童的本真状态，有力地推动了儿童小说的创作。

二、儿童小说的特征

儿童小说的接受对象是儿童，主要是小学高年级的学生，根据这时期儿童的年龄特点，儿童小说具有独特的个性。

(一) 主题积极明朗

儿童小说读者的特定性决定儿童小说的主题应积极明朗，因为儿童正处于成长发育阶段，他们的思维意识、理解能力和阅读水平还没有成熟，正在构建价值观念与道德范式，对外界事物的感知、理解和判断正处于渐变中。因此，儿童小说的主题不能过于隐晦与模糊，儿童文学担负着为民族未来奠基的责任，主题也应是积极向上的。

案例 8 –1

一碗阳春面（节选）
[日] 粟良平

老板和老板娘在柜里，一动不动，凝神听着"剩下的债，到明年三月就可以还清了。可实际上，今天可以全部还清。"啊，真的？妈妈。""是真的。大儿每天送报纸赚钱支持我，淳儿每天买菜烧饭帮助我，所以我能够安心工作。因为我努力工作，得到了公司的特别津贴，所以现在能够全部还清债款。""好啊！妈妈，哥哥，从现在起，每天烧饭的事还是包给我了，""我也继续送报。弟弟，我们一起努力吧！""谢谢！真是谢……谢……我和弟弟也有一件事瞒着妈妈，今天可以说了。这是在11月的星期天，我到弟弟学校去参加家长会。这时，弟弟已经藏了封老师给妈妈的信……弟弟写的作文如果被选为北海道的代表，就能参加全国的作文比赛。正因为这样，家长会那天，老师要弟弟自己朗读这篇作文。老师的信如果给妈妈看了，妈妈一定会向公司请假，去听弟弟朗读作文。于是，弟弟就没有把这封信交给妈妈。这事，我还是从弟弟的朋友那里听来的。所以，家长会那天是我去了。""哦，原来是这样……那后来呢？""老师出的作文题目是《你将来想成为怎么样的人》，全体学生都写了，弟弟的作文题目是《一碗阳春面》。一听题目，我就知道是写的北海亭面馆的事。弟弟这家伙，怎么把这种难为情的事写出来，我这么想着。"

……

母子三人，静静地，互相握着手，良久。继而又欢快地笑了起来。和去年相比，像是完全变了模样。

……

这篇小说的主题是爱与帮助，讲述一个女人带着两个男孩，在大年三十的晚上到北海亭面馆吃阳春面，每次只买一碗，连续去了三年。老板和老板娘每次都多给半碗，却只收一碗的钱。后来，母子三人搬走了，面馆夫妇在此后十年的每一个大年夜，都留着二号桌给母子三人。第十四年的大年夜，母子三人又来到面馆，此时，两个男孩都已长大成人，一个在京都大学医院实习，一个在京都银行工作，为了老板夫妇的帮助，他们特意回来拜访。所选片段是母子三人互相鼓励、携手共渡难关的情节：母亲努力工作还清了债，兄弟俩为家里分忧，哥哥送报弟弟做饭，弟弟担心家长会影响母亲工作，把老师给母亲的信藏了起来。哥哥通过弟弟的朋友得知这件事后参加了弟弟的家长会。母子三人分享着各自的学习与工作，互相鼓励着坚持下去。这篇小说主题非常明朗，对读者的影响非常大。

（二）人物形象鲜明

小说是以塑造人物形象为中心的，儿童小说也一样。人物塑造方面，儿童小说努力塑造性格鲜明的人物形象，传递着清晰的认知价值、审美价值与社会价值，使读者在阅读中体会到强烈的感染力。例如张天翼《罗文应的故事》中那个聪明活泼、自尊心强，又非常贪玩的罗文应。刘心武《班主任》中本质纯正、品行端庄但教条古板、思想僵化的谢惠敏。马克·吐温《汤姆·索亚历险记》中公然蔑视传统势力、不屑当少爷约束、宁愿离家出走、追求个性发展的汤姆。诺索夫《萨夏》中聪明伶俐、调皮捣蛋、充满童趣的萨夏……这些富有个性的儿童形象，在读者心中留下了深刻的印象。

案例 8-2

窗边的小豆豆
[日] 黑柳彻子

在这以前，小豆豆几乎没坐过电车，所以他一直小心翼翼地握着车票，一看到要把它们交出去，非常舍不得。所以，他对检票的大叔说："这张票，我留下来行吗？"大叔说了声"不行啊"，就从小豆豆手里把票拿走了。小豆豆指着检票口的盒子里满满的车票问道："这些，全部都是叔叔的吗？"

大叔一边把其他出站的乘客的车票抓过来，一边答道："不是叔叔的，是车站的。"

"咳"小豆豆恋恋不舍地看着盒子，说道："我长大了，要做一个卖车票的人！"

这段描写中可以看出小豆豆的孩子气。第一次坐电车，小豆豆非常喜欢手中的车票，看到要把车票交给检票叔叔，他依依不舍，想请叔叔不要收他的车票。叔叔却说车票必须收回车站，他看着盒子里满满的车票，他的愿望是长大后做一个卖车票的人，表现出儿童固有的孩子气。

（三）故事充满童趣

故事也叫故事情节，是儿童小说的主要构成元素，它展示着人物之间的相互关系和矛盾冲突，是人物性格形成、发展的历史。儿童小说的故事一般都是单纯明了、集中紧凑的，充满童趣的故事是儿童小说与成人小说的根本区别。

儿童小说的故事情节充满童趣，幽默、滑稽与谐趣在儿童身上得到体现，与特定环境下的故事，使儿童小说自然而然地表现出童趣，深深吸引小读者。例如林格伦的《淘气包艾米尔》、勒内·戈西尼的《小淘气尼古拉的故事》、黑柳彻子《窗边的小豆豆》等，小主人公带着儿童特有的调皮贪玩、好奇好动、聪明活泼等特点，以富有个性的举止行为，使故事情节充满童趣，受到儿童的欢迎。

案例 8-3

萨夏

［日］诺索夫

萨夏早就要求他妈妈送他一支打火药的手枪。

"你为什么要这种手枪？"妈妈说，"这种玩具要闯祸的。""怎么会闯祸？它又不打子弹，它是打火药纸的。反正它又打不死人。""什么事都可能发生的，火药迸出来，会落到你的眼睛里。""不会的，打枪的时候我会眯起眼睛。""不行不行，这种手枪会找麻烦。你一开枪，要把别人吓坏。"他妈妈真的没有买手枪给他。

萨夏有两个姐姐，玛丽娜和依拉。妈妈那里要不到，他就去跟姐姐要："好姐姐，给我买一支小手枪吧！我真想要一支。你们买给我就永远听你们的话。""萨夏，你这个人真调皮！"玛丽娜说，"要我们的时候，你就讨好我们，只管喊好姐姐、好姐姐的；妈妈一出去，可就拿你没法儿了。""不，好办！你们看好了，我一定不吵不闹。""好吧，"依拉说，"我和玛丽娜考虑一下。要是你答应不吵闹，那我们可以买。"答应，答应！只要你们肯买，我统统答应。"

第二天玛丽娜和依拉送了他一支手枪和一盒火药纸。手枪崭新锃亮，火药纸很多很多：不是五十张就是一百张。哪怕你打一整天也打不光。萨夏高兴得满屋子乱跳，把手枪紧贴在胸口，又吻吻它说"我的小心肝，我的好手枪！我是多么爱你呀！"接着他在枪把上胡乱划上自己的名字，就开始射击。一下子发出了火药气味，半个钟头以后，屋子里蓝烟弥漫。

妈妈不给萨夏买手枪，他就去求姐姐，并向姐姐保证不吵不闹。可当姐姐给他买了手枪，他就满屋子乱跳，并在家里射击，搞得屋子蓝烟弥漫。这个故事情节生动诠释了萨夏对枪的喜爱，以及由此表现的"出尔反尔"行为，表现儿童小说的趣味。

三、儿童小说的类别

按不同的标准划分，儿童小说有不同的种类。按篇幅划分，可分为长篇儿童小说、中篇儿童小说与短篇儿童小说。按题材划分，可分为儿童生活小说、儿童历险小说与儿童幻想小说。按体裁划分，可分为传记体儿童小说、日记体儿童小说与系列儿童小说等。

（一）儿童生活小说

儿童生活小说指以儿童现实生活为题材，反映儿童在学校、家庭及社会生活中的面貌，体现儿童的思想及精神状态的儿童小说。这类小说因其贴近儿童日常生活而被小读者接受和喜爱，例如林格伦的《淘气包艾米尔》、契诃夫的《凡卡》、秦文君的《男生贾里》等。

（二）儿童历险小说

儿童历险小说指以破案、探险、历险等为内容的儿童小说。这类小说以惊险曲折的情节而扣人心弦、引人入胜，能够最大限度满足儿童的好奇心和探求欲，是儿童小说中较受小读者偏爱的一类，例如林格伦的《大侦探小卡莱》、史蒂文森的《宝岛》、埃尔热的《丁丁历险记》等。

（三）儿童幻想小说

儿童幻想小说指用超现实的手法表现非现实的小说。这类小说是儿童文学中最富有想象力的文类，在幻想与现实中寄寓着对人生、宇宙、未来的自由幻想，例如班马的《绿人》、金波的"小绿人三部曲"、雷欧的《查理九世》等。

第二节 儿童小说的欣赏

儿童小说故事性强，人物形象鲜明，在欣赏过程中应梳理情节脉络，明确故事情节的发展过程，体会小说所蕴含的独特感悟，学习儿童小说的艺术表现手法，品味小说语言的感染力。

（一）梳理情节脉络

儿童年龄小，理性思维能力低，儿童小说中起起落落的故事情节能引起他们极大的兴趣。儿童的成长又与故事相伴随，因此，在欣赏小说时应帮助儿童梳理情节脉络，让他们借着故事情节来对小说进行审美把握。

儿童小说的故事情节一般都比较单纯、集中紧凑，儿童在阅读时容易被情节所吸引。情节趣味迭出，就兴趣盎然，激起阅读的兴趣。情节平板无奇，就走马观花。因此，梳理故事情节能够帮助儿童了解小说的来龙去脉，初步认识人物形象，理解小说的趣味。

案例 8 － 4

米夏煮粥（节选）

[苏] 尼古拉·诺索夫

第二天早上，妈妈给我们两个留下两天吃的面包，还有果酱。告诉我们怎样做汤，怎样煮粥，什么该放多少。说了许多，可惜我听是听了却啥也没记住。"记它干吗"，我想，"米夏不是说过他会吗？"妈妈做了这番交代才放心走了，我跟米夏决定去钓鱼。

……

"我会煮粥！"米夏挺有把握地说，"煮粥比什么都省事。""煮粥，那就煮粥吧。"我们升起炉子。米夏往锅里舀上米。我说"米多舀些。肚子太饿了！"他往锅里装了好多米，然后一个劲地往锅里舀水，舀啊舀啊，水都快从锅里溢出来了。

……

他拿上火柴，往水桶提手上拴上根绳子就向井走去。一会儿他又回来了。"水呢？"我问。"水……在井里。""我也知道水在井里。我是问打水的桶。""桶，也在井里。"他说。

……

"那咱们就别煮，拿油煎！这煎鱼，眨眼就成。""那咱们就动手吧。"我说，"要是煎鱼也像煮粥一样，那就别折腾了。""你看着吧，一分钟。"米夏三下两下把鱼收拾出来，搁在平底锅上煎。锅子很快红了，鱼黏在锅上。米夏用刀去铲，把鱼全铲得粉碎。

……

我们两个到那塔莎那里，把昨天晚上遭的罪一五一十全说了，我们答应把菜园子里的草拔干净，只求她帮我们煮锅粥。娜塔莎阿姨很可怜我们，给我们喝她的牛奶，给我们吃油煎包子，接着又让我们坐下来吃早餐。我们吃啊吃啊，娜塔莎的儿子沃夫卡看着我们都看呆了，他奇怪我们两个怎么饿成这副样子。

这是一篇非常有趣的儿童小说，讲述两个朋友煮粥的故事。妈妈有事进城，给"我"和米夏留下两天的面包，并问我们是否能照顾自己。我们拍着胸脯说自己不是小娃娃了，米夏说会煮粥，我们会照顾自己。吃完面包后，米夏开始煮粥，老往锅里加水。水桶的水用完了，我们去打水，却把水桶、绳子、茶壶都掉井里了。好不容易煮好粥却不能吃，因为粥糊了。米夏又说会煎鱼，结果把鱼全铲得粉碎。第二天一大早，我们饿着肚子到邻居娜塔莎家求她帮我们煮锅粥，娜塔莎答应了，条件是我们得把菜园子里的草拔干净。欣赏这篇儿童小说，应引导儿童梳理情节脉络，了解米夏煮粥的经过：妈妈进城—米夏煮粥—米夏打水—米夏煎鱼—我们向邻居求助。情节脉络清晰后，儿童就能很好地理解小说的来龙去脉，并对米夏的人物形象有初步了解。

（二）分析人物形象

老舍说："创造人物是小说家的第一任务，把一件复杂热闹的事写得很清楚，而没有创造出人来，那至多也不过是一篇优秀的报告，并不能成为小说"，可见，人物塑造是小说的中心。儿童小说的故事情节固然重要，但它是因人物性格的形成和事件的推进而形成的，因而，分析人物形象是欣赏儿童小说的重要环节。

儿童性是儿童小说人物形象的重要特征，儿童小说中的主人公大多天真幼稚、调皮聪明，他们富有个性的行为充满童趣，给小读者留下深刻的印象。例如苏联作家盖达尔的《丘克和盖克》中丘克和盖克的形象，由于爸爸长年在大森林里工作，妈妈又要上班，作为学龄前儿童的丘克和盖克只好待在家里。吵嘴、打架、哭嚎成为生活的主要内容。因为打闹，他们把爸爸发来的重要电报弄丢了，担心受到妈妈的惩罚，他们隐瞒了电报的事情，结果毫不知情的妈妈带着他们提前十几天来到大森林，遇到了一系列意想不到的事情。他们关心妈妈的感受，当妈妈读爸爸来信的时候，非常注意看妈妈的脸。"妈妈皱起了眉头，他们也皱起眉头。妈妈微笑了，他们就断定：这封信是快乐的。"当两人因打架弄丢了电报后，"回到屋里，很久地不做声"。而当妈妈终于察觉电报出了问题时，他们"从暖炕上发出了均匀而又和谐的号哭"，"过了好久，他们才互相抢着说话，一面毫不知羞地把过错推给对方，一面把这不愉快的故事说了出来。"小说充分表现了丘克与盖克的顽皮与可爱形象，人物形象栩栩如生。

（三）品味语言情趣

儿童小说的语言具有鲜明、生动的特点，欣赏儿童小说应品味语言传情达意的作用与独特的审美价值，品味语言情趣，多方面感受小说的感染力。儿童小说的语言一般以短句为主，长短句结合；以口语化的句式为主，整散结合。大量运用比喻、拟人与夸张，使儿童的生活经验得到有效的、最大化的迁移，使陌生的事物变得亲切和熟悉，方便儿童感知与理解。

案例 8 – 5

狗仔（节选）

陈丹燕

妈妈的世界观是奇怪的世界观，她觉得，小孩子应该怕什么东西才好。她最讨厌的，就是在街上看到的那些神气活现的小孩。他们吃了一口刚刚吵着要买的冰激凌，觉得不好吃，就塞到他们的妈妈手里，他们的妈妈把自己的嘴巴当成垃圾桶，把冰激凌放进去，然后，她们想，真的不好吃。然后，她们就把冰激凌放到她们的丈夫手里，她们的丈夫，就自动把剩下的冰激凌塞到嘴里，像塞到另一个垃圾桶里一样。她阴沉地看着那样的情形，悄悄对狗仔赌咒说："你看着，这个小孩将来一定是要被饿死的。"

她也讨厌打小孩，有时在街上看到别人家妈妈气急败坏地打小孩，小孩哭得像杀猪一样，她就会很难为情地、很鄙视地看着那个妈妈。女人一生气，眼睛马上就变成难看的三角眼，脸上的肉马上就像被太阳暴晒过那样肿起来，嘴巴马上出现猪相，身体马上像一盆正在泼出去的脏水。她害怕自己要是打了狗仔，也会变成这副样子。所以，她常常对狗仔装神弄鬼，吓唬狗仔，特别是家里只有她们两个人的时候。她说，小孩子要是真的怕了什么，就不敢学坏，也比较听话。

她把长头发披到脸上，像一个真正的僵尸那样直直地在走廊里跳着走路。她把手电筒放在下巴那里，从下往上照自己的脸，像一个真正的吊死鬼那样伸出舌头。她常常给狗仔讲鬼故事，中国的，日本的，英国的，美国的，法国的…那些故事都好像发生在这个真实的世界里，就在某一个公园，某一条街上的老房子里，甚至在最有名的酒店的某个房间里，不是那种"很久以前"的故事。她还特地买了一本《英国鬼魂之旅》的书，每天晚上给狗仔读上一节。书上有地图、照片，是一本真正的旅游书。爸爸总是不在家的，家里到处汹涌着巨大的黑影，风在狗仔竖起寒毛的皮肤上嗒嗒地奔跑。狗仔害怕，她拉着妈妈的衣服，往里面钻。于是，妈妈的嘴里，发出的是熟悉而又陌生的、冷冰冰的鬼声音，它细声细气地吩咐："你快告诉鬼，你做了什么坏事吗？"做了一些小坏事。"狗仔只求那些鬼，包括附在妈妈身上的鬼，都赶快走开。

……

这是一篇挺有趣的儿童小说，讲述狗仔一家快乐的生活。从节选的内容中发现，小说的句式都是简短的口语化句式与比喻句，且在语言方面非常生活化，例如"小孩哭得像杀猪一样""女人一生气，眼睛马上就变成难看的三角眼，脸上的肉马上就像被太阳暴晒过那样肿起来，嘴巴马上出现猪相，身体马上像一盆正在泼出去的脏水""她把长头发披到脸上，像一个真正的僵尸那样直直地在走廊里跳着走路。她把手电筒放在下巴那里，从下往上照自己的脸，像一个真正的吊死鬼那样伸出舌头"……这些句式生动表现了孩子哭喊的情形、女人生气的模样、妈妈调皮的样子，儿童在欣赏时不由自然地想到自己的生活，也曾干过类似的事情，不禁露出会心的笑。

第三节　儿童小说的创作

儿童小说主要由主题、人物、题材、语言、故事与细节等构成，儿童小说在表达上应体现"儿童性"，写出儿童情趣。创作儿童小说，应注重人物、故事与细节描写。

一、塑造鲜明的人物形象

人物是小说的中心，小说主要通过人物形象来反映生活。儿童小说在人物形象方面的要求更高，塑造的人物形象除了体现"儿童性"之外，还应有鲜明的个性特点，这样才能给儿童读者留下深刻的印象。

在行动中塑造人物形象。儿童喜欢变化的事物，喜欢看情节紧凑的故事。儿童小说的情节发展主要通过人物表现出来，人物的一系列行动推动着故事发展，在行动中塑造人物形象能鲜明体现其性格特征，容易为儿童理解与接受。瑞典作家阿斯特丽德·林格伦的《长袜子皮皮》是儿童非常喜欢的小说，讲述一个小姑娘皮皮的故事。主人公皮皮是个奇怪而有趣的小姑娘，她有一个奇怪的名字：皮皮露达·维多利亚·鲁尔加迪娅·克鲁斯蒙达·埃弗拉伊姆·长袜子。她满头红发、小辫子翘向两边、脸上布满雀斑、大嘴巴、牙齿整齐洁白。她脚上穿的长袜子，一只是棕色的，另一只是黑色的。她的鞋子正好比她的脚大一倍。她力大无比，能轻而易举地把一匹马、一头牛举过头顶，能制服身强力壮的小偷和强盗，还降服了倔强的公牛和食人的大鲨鱼。她有取之不尽的金币，常用它买糖果和玩具分送给孩子们。她十分善良，对人热情、体贴入微。她好开玩笑、喜欢冒险，很淘气，常想出许许多多奇妙的鬼主意，创造出一个又一个的奇迹……在表现皮皮这个小姑娘的形象时，就经常通过行动描写表现其性格特征。在"皮皮捡破烂并和别人打架"这个情节中，五个男孩追赶一个男孩并打他，皮皮气不过，"把一个男孩高高举起，横挂在附近一棵桦树上，接着又把第二个男孩举起来放到另一棵树上，把第三个男孩放到房子外面的门柱上，把第四个男孩从围栏上扔过去，丢在前边一座院子的花坛里，最后一名打架能手也被皮皮扔进了一辆停在路上的儿童游戏车里"，这段行动描写把皮皮力大无比、行侠仗义的性格表现得非常出彩，儿童在阅读中得到极大满足。

通过语言表现人物形象。常言道"言为心声"，语言是人物形象的最直接表现，儿童小说中的语言一般都具有活泼生动、简单易懂与诙谐幽默的特点，充满"儿童性"，给儿童读者带来无限快乐，让他们在快乐中感悟人物形象的性格特征。例如苏联作家诺索夫《幻想家》米舒特卡向斯塔西克吹牛："告诉你吧"，米舒特卡说，"有一次我在海里游泳，遇上了鲨鱼。我'砰'地给它一拳，它却一口把我的脑袋给咬下来了。""你胡编！""没有，是真的。""那你为什么没有死呢？""我怎么会死呢？我游上岸，就回家了。""没有脑袋？""那当然，我要脑袋干什么？""难道没有脑袋就不能走吗？""可你现在怎么有脑袋呀？""又长出一个。""真会编！"这段对话把米舒特卡爱幻想的性格特点表露无遗，斯塔西克知道米舒特卡说的都是假的，心理还是暗暗佩服，因为他编不出比米舒特卡更离奇的故事。儿童读者从对话中感受到米舒特卡的聪明与斯塔西克的直爽，佩服他们的幻想能力，吸引他们往下阅读去进一步了解米舒特卡和斯塔西克。

运用心理描写刻画人物形象。儿童小说不仅勾绘人物的外貌言行，更重要的还要揭示人物内心世界，这样才能使人物形象立体丰满。运用心理描写既可通过人物的肖像、动作、语言间接地透露心理信息，又可以直接地叙述或剖析人物的内心，更全面地表现人物形象。例如保加利亚作家笛米特·伊求的系列儿童小说《拉拉和我》，生动传神地刻画了小姐弟的心理："我和拉拉都为桐尼叔叔担心，因为他和他的太太睡的是狭窄的法国床，如果她再胖下去，他就没有地方可睡了。就像有次夜里，我从床上摔下来一样。我们应该送他一张床吗？我们还有一张旧床在地下室。可是床该放在哪里？他的房间已经没有空间了"。桐尼叔叔的太太因为怀孕变得越来越胖，小姐弟不知道，以为桐尼叔叔的太太吃多变胖了，他们还"想着马上去找桐尼叔叔，告诉他，应该把食物藏起来，否则他太太会越来越胖。但是，妈妈说桐尼叔叔，带他太太去度假了"，这些心理描写把小姐弟纯朴的形象表现出来，是学龄前儿童的特有模样。在这篇儿童小说中，姐弟俩天真幼稚的心理把小说情节一点点展示出来，较好地塑造了小姐弟的形象。

二、设计曲折生动的情节

高尔基说："情节，即人物之间的联系、矛盾、同情、反感和一般的相互关系——各种性格、典型的成长和构成的历史。"人物的性格特征，是在复杂的人与人之间的关系中形成和发展的，情节就是推动人物性格形成和发展的历史。与成人小说相比，儿童小说更注重故事情节，尤其是曲折生动的情节，因为喜欢故事是儿童的天性，所以，设计曲折生动的情节是吸引儿童阅读的关键。

误会法。误会使儿童读者产生疑问，吸引他们寻找答案，寻找答案的过程也是儿童读者亲近作品的过程。在儿童小说中运用误会法有两种形式：一是在读者不知情的情况下，作者为小说人物编造一个特定的误会场面或情节，经过巧妙设计，误会的双方或一方同时出于某种原因产生误会，误会一旦澄清，故事就宣告结束。例如邱勋的

《三色圆珠笔》：齐娟娟的一支三色圆珠笔忽然不见了，班上的同学怀疑是徐小冬，因为他有过偷东西的前科，他很喜欢那支笔，曾经打算用小刀、钢笔、空油盒跟齐娟娟换。圆珠笔不见的那天，正好是徐小冬值日，他走得最晚；圆珠笔不见了，他找得最起劲；他和齐娟娟是同桌，"照顾"很方便。放学后，班里选举小偷，尽管徐小冬一再声称没拿，全班还是一致选他为小偷。班主任限他三天内交出圆珠笔，否则退学。第四天一早，那支三色圆珠笔出现了，徐小冬哭得很伤心。过了几天，齐娟娟却在自己床铺上找到了自己的圆珠笔，大家都呆了，原来徐小冬交回来的圆珠笔是他去文具店偷的。在这个误会中，只有徐小冬知道自己是被冤枉的，误会澄清后，故事也结束了，却留给读者深深的思考。

二是小说中的人物自己制造误会，不是作者安排，而是根据情节发展而产生的。这种误会读者是清楚的，但小说中的一方却毫不知情。例如亚米契斯《爱的教育》：叙利奥一家的经济主要来自父亲，白天上班，晚上做抄写工作。作为长子的叙利奥看到父亲非常辛苦，为了帮助父亲减轻负担，他每天半夜等父亲睡觉后，便起床替父亲做抄写工作。每天早上起来，父亲都很高兴，以为自己的工作效率高。长期睡眠不足使叙利奥的学习成绩直线下降，受到父亲的严厉责罚。叙利奥却仍坚持半夜起来做抄写工作，最后，父亲终于知道事情的真相，请求叙利奥的原谅："倒是你要原谅我！明白了！一切都明白了！我真对不起你！"。在这篇儿童小说中，误会是由叙利奥造成的，父亲却毫不知情，误会推动了故事情节的发展，使叙利奥与父亲的性格得到充分体现。如若父亲早就了解真相，故事就难以继续，父子情深的感人情节也不会出现。

悬念。悬念就是在情节发展的紧张时刻故意设置伏笔，引而不发，激发读者的好奇心。悬念设置可以在小说开头，或中间，或结尾，视故事情节发展而定。故弄玄虚、摆迷魂阵等，都是设置悬念的常用方法，或扑朔迷离的事件起因，或神秘的道具，或出人意料的结局，都可作为悬念的构成要素。例如比利时作家乔治·西默农的《狗知道》在小说开始就设置了悬念：一个男子鬼鬼祟祟地从一户人家走出来，警察梅格雷拦住去路，怀疑他是小偷。男子辩解说自己从家里出来，不信这条叫玛丽的狗可以证明。梅格雷向男子道歉后准备离开，却发现小狗跑去撒尿。看着小狗撒尿的样子，梅格雷认为这个男子绝对是小偷，要带他回警察局。男子很不服，梅格雷便问他叫玛丽的小狗是公狗还是母狗。男子说是公狗，梅格雷说："公狗是抬一条后腿叉开来撒尿的，母狗则不是。试问，他明明是条公狗，怎么会叫'玛丽'这种女性的名字呢？狗的主人居然不知道自家狗的性别，岂不是天大的怪事吗？"经过审问，男子果然是小偷。这篇儿童小说把悬念放在开头，以警察梅格雷的怀疑为悬念，推断男子是不是小偷，在一系列的问话与揣测中，把悬念解开。

三、注重细节描写

细节是构成人物形象和故事情节的基本单位。如果说情节是人的骨架，细节则是骨架上的细肉。细节可以是语言，可以是动作，也可以是道具，甚至是一个眼色，一口酒！等等。一个细节，仿佛是一个闪电，可以照亮一个人的心灵；一个细节，又像是一颗珍珠，可以把人物装点得更光彩。作家李准说："情节好办，细节难求"，有好的情节却不注重细节描写，儿童小说的人物就显得干瘦无力，站不起来，难以引发儿童读者的阅读兴趣。例如曹文轩的《草房子》中油麻地小学排演戏剧《屠桥》，需要一个秃头的伪军连长，让柳三套上猪尿泡演秃头，每次演到节骨眼上猪尿泡都爆了，柳三的父亲不准柳三剃光头，秃头伪军连长就这么被卡住了。秃鹤知道后，请桑桑将一张纸条转给蒋一轮老师，请求试一试演秃头伪军连长。在获得同意后，秃鹤把所有精力都放在演戏上，其中一段细节描写特别感人：

秃鹤想演得更好。他把这个角色要用的服装与道具全都带回家中。晚上，他把自己打扮成那个伪军连长，到院子里，借着月光，反反复复地练着：

小姑娘，快快去，

长大了，跟连长，

有得吃，有得穿，

还有花不完的现大洋……

他将大盖帽提在手里，露着光头，就当纸月在场，驴拉磨式地旋转着，数着板。那个连长出现时，是在夏日。秃鹤就是按夏日来打扮自己的。但眼下却是隆冬季节，寒气侵人肌骨。秃鹤不在意这个天气，就这么不停地走，不停地做动作，额头竟然出汗了。

秃鹤要把戏演得更好，便把服装道具都带回家中，在寒冬夜里演夏日的戏。这个细节把秃鹤想改变自己在老师和同学心中的形象刻画得非常深刻，表现秃鹤倔强的性格。因为这段细节描写，演出获得巨大成功，老师和同学们对秃鹤的看法也完全转变，大家意识到之前确实误解了秃鹤，使小说中的桑桑、秃鹤、纸月等人物形象鲜活起来。儿童从阅读这段细节描写中感受到秃鹤内心的激情，对故事的结局有大致了解，阅读情感得到巨大的满足。

◎ **知识回顾**

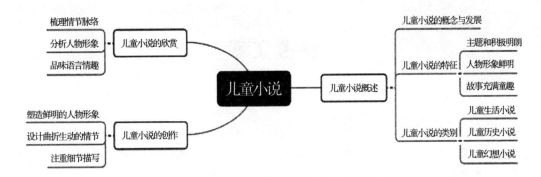

◎ **实践练习**

1. 如何欣赏儿童小说？

2.《义务教育语文课程标准》指出："学生是学习的主体。"请分析下面的教学片段，谈谈你的看法。

《我和祖父的园子》教学片段

师：我们朗读课文，仿佛看见了祖父园子里许许多多的动植物，看见了小萧红和祖父在园子里劳动的情景。你喜欢课文中祖父的园子吗？

生：喜欢，祖父的园子很有趣。

师：咱们就走进祖父的园子里，仔细瞧瞧。

生：这个花园里不仅是昆虫的世界，也是植物的家园。

师：是啊，昆虫的世界，有哪些昆虫？

生：这园子里蜂子、蝴蝶、蜻蜓、蚂蚱，样样都有。蝴蝶有白蝴蝶、黄蝴蝶。这些蝴蝶极小，不太好看。好看的是大红蝴蝶，满身带着金粉。蜻蜓是金的，蚂蚱是绿的，蜂子则嗡嗡地飞，满身绒毛，落到一朵花上，胖圆圆的就跟一个小毛球似的不动了。

师：如临其境，如闻其声。最有趣的是写蜂子的动态，"胖圆圆的就跟一个小毛球似的不动了。"描摹蜂子的习性与情性，再生动不过了。那为什么称园子是植物的家园呢？

生：文中说："也认不得哪个是苗，哪个是草，往往把韭菜当作野菜一起割掉，把狗尾草当作谷穗留着"，说明园子里有各种草与苗。

师：还有蔬菜吗？

生：文中说"倭瓜愿意爬上架就爬上架，愿意爬上房就爬上房。黄瓜愿意开一黄花，就开一黄花，愿意结一个黄瓜，就结一个黄瓜。玉米愿意长多高就长多高，它若愿意长上去，也没有人管"是说园子里的蔬菜自然地、旺盛地生长。

师：对，文中用词较为生活化，体现了自由自在的童年精神。

参考文献

[1] 李莹，肖育林. 学前儿童文学（第三版）[M]，上海：复旦大学出版社，2014.

[2] 方卫平. 儿童文学 [M]. 北京：高等教育出版社，2012.

[3] 王玉芳. 儿童文学 [M]. 北京：教育科学出版社，2018.

[4] 任继敏. 儿童文学创作与欣赏 [M]. 北京：高等教育出版社，2013.

[5] 方卫平. 儿童文学教程（第3版）[M]. 北京：高等教育出版社，2018.

[6] 朱自强. 儿童文学概论 [M]. 北京：高等教育出版社，2009.

[7] 王瑞祥. 儿童文学创作论 [M]. 杭州：浙江大学出版社，2006.

[8] 郑飞艺. 儿童文学 [M]. 上海：华东师范大学出版社，2014.

[9] 韦祖庆. 儿童文学 [M]. 武汉：华中师范大学出版社，2016.

[10] 吕明. 儿童文学作品赏析与写作指导 [M]. 上海：复旦大学出版社，2014.

[11] 吴振尘. 儿童文学 [M]. 北京：人民邮电出版社，2017.

[12] 李学斌. 儿童文学应用教程 [M]. 北京：中国人民大学出版社，2016.

[13] 颜晓燕. 学前儿童语言教育与活动指导（第二版）[M]. 北京：高等教育出版社，2019.

[14] 祝士媛. 儿童文学经典作品赏析 [M]. 北京：高等教育出版社，2012.

[15] 陈晖. 阅读世界儿童文学经典 [M]. 北京：北京师范大学出版社，2011.

[16] 余珍有. 儿童园领域课程资源 [M]. 北京：教育科学出版社，2014.

[17] 周兢. 儿童园语言教育资源. 北京：人民教育出版社，2015.

[18] 方先义. 儿童戏剧 [M]. 北京：中国人民大学版社，2018.

[19]（爱尔兰）Julie Meighan 朱莉. 梅根著，汪闻婕译. 戏剧萌芽 [M]. 北京：文化艺术出版社，2018.

[20] 中国教育科学研究院早期教育研究中心编. 最美的儿童文学 [M]. 北京：教育科学出版社，2018.

[21] 李哲. 儿童文学 [M]. 武汉：华中师范大学出版社，2013.

[22] 陈育德. 西方美育思想简史 [M]. 合肥：安徽教育出版社，1998.

[23]（日）松居直. 幼本之力 [M]. 贵阳：贵州人民出版社，2019.

[24]（瑞士）玛丽亚. 尼古拉杰娃 [M]. 绘本的力量. 上海：华东师范大学出版社，2019.

[25]（美）杰克曼. 早期教育课程 [M]. 北京：中国轻工业出版社，2002.

[26]（美）佩里. 诺德曼. 儿童文学的乐趣 [M]，北京：少年儿童出版社，2008.

[27] 张美妮、巢扬.中国儿童文学集成 [M].重庆：重庆出版社，1991.

[28] （美）劳拉.E.贝克.儿童发展第5版 [M]，南京：江苏教育出版社，2002.

[29] 姚伟.中外儿童教育名著解读 [M].南京：南京师范大学出版社，2017.

[30] 马一波、钟华.叙事心理学 [M].上海：上海教育出版社，2006.

[31] （荷兰）J.胡伊青加.人：游戏者 [M].贵阳：贵州人民人出版社，2007.

[32] （加）弗莱.诺斯罗普.弗莱文论选集 [M].北京：中国社会科学出版社，1997.

[33] 高月梅、张泓.儿童心理学 [M].杭州：浙江教育出版社，1993.

[34] 教育部法制办公室编.学前教育政策法规规章汇编 [G].北京：首都师范大学出版社，2014.

[35] （印）泰戈尔.泰戈尔文学 [M].上海：上海译文出版社，1988.

[36] 鲁迅全集第13卷 [G].北京：人民文学出版社，2005.

[37] 周作人.儿童文学小论 [M].石家庄：河北教育出版社，2002.

[38] 蒋风.新编儿童文学教程 [M].桂林：漓江大学出版社，2013.

[39] 洪汛涛.童话艺术思考 [M].太原：希望出版社，1988.

[40] 严文井.泛论童话 [M].杭州：浙江少年儿童出版社，1991.

[41] 陈伯吹.儿童文学简论 [M].武汉：长江文艺出版社，1959.

[42] 孙幼军.冰小鸭的春天 [M].北京：同心出版社，2013.

[43] 吕明.儿童文学作品赏析与写作指导 [M].上海：复旦大学出版社，2014.

[44] （日）木村久一.早期教育和天才 [M].石家庄：河北人民出版社：1998.

[45] 贾平凹.中国人的文化与生活 [M].上海：东方出版中心，2006.

[46] 郑光中.儿童文学精品导读 [M].成都：四川民族出版社，2002.

[47] 郑荔.教育视野中的儿童文学 [M].南京：江苏教育出版社，2005.

[48] （意大利）玛丽亚.蒙台梭利.家庭中的儿童 [M].北京：中国发展出版社，2012.

[49] 玛丽亚.蒙台梭利.发现孩子 [M].北京：中国妇女出版社，2012.

[50] 吴然.教你读散文 [M].北京：外语教学与研究出版社，2011.

[51] 松居直.我的图画书论 [M].长沙：湖南少年儿童出版社，1997.

[52] 郝广材.好绘本如何好 [M].台北：格林文化事业股份有限公司，2006.

[53] 彭懿.世界图画书阅读与经典 [M].南宁：接力出版社，2018.

[54] 培利.诺德曼.阅读儿童文学的乐趣 [M].台北：天卫文化图书股份有限公司，2000.

[55] 林真美.图画书——儿童阅读之窗 [M].台北：台湾天卫文化图书有限公司，1996.

[56] 黑格尔.美学第3卷下册 [M].北京：商务印书馆，1979.

[57] 卢梭.爱弥尔 [M].上海：上海人民出版社，2007.

[58] 王杰，杨红霞.儿童文学作品选读 [M].北京：北京师范大学出版社，2019.

[59] （德）格林兄弟等.世界儿童文学名著名图宝典 [M].北京：生活书店出版社，2016.

[60] 朱自强.小学语文儿童文学教学法.南昌 [M].二十一世纪出版社，2015.

[61] 周兢.学前儿童语言学习与发展核心经验 [M].南京：南京师范大学出版社，2015.